antes que o café esfrie · 4

TOSHIKAZU KAWAGUCHI

Antes que o café esfrie . 4

Tradução
Jefferson José Teixeira

valentina

Rio de Janeiro, 2025
2ª Edição

Copyright © 2021 by Toshikazu Kawaguchi.
Publicado originalmente no Japão por Sunmark Publishing, Inc., Tóquio.
Por intermédio de Gudovitz & Company Literary Agency e Agência Literária Riff.

TÍTULO ORIGINAL
Before we say goodbye

CAPA
Raul Fernandes

FOTO DO AUTOR
Cortesia de Sunmark Publishing, Inc.

DIAGRAMAÇÃO
Fátima Affonso / FQuatro Editoração

Impresso no Brasil
Printed in Brazil
2025

CIP-BRASIL. CATALOGAÇÃO NA PUBLICAÇÃO
SINDICATO NACIONAL DOS EDITORES DE LIVROS, RJ
GABRIELA FARAY FERREIRA LOPES – BIBLIOTECÁRIA CRB-7/6643

K32a

2. ed.
Kawaguchi, Toshikazu
 Antes que o café esfrie 4 / Toshikazu Kawaguchi; tradutor Jefferson José Teixeira. - 2. ed. - Rio de Janeiro: Valentina, 2025.
 160p.; 21 cm.

 Tradução: Before we say goodbye
 ISBN 978-65-88490-87-7

 1. Ficção japonesa. I. Teixeira, Jefferson José. II. Título. III. Série.

24-94354

CDD: 895.63
CDU: 82-3(52)

Todos os livros da Editora Valentina estão em conformidade com
o novo Acordo Ortográfico da Língua Portuguesa.

Todos os direitos desta edição reservados à

EDITORA VALENTINA
Rua Santa Clara 50/1107 – Copacabana
Rio de Janeiro – 22041-012
Tel/Fax: (21) 3208-8777
www.editoravalentina.com.br

SUMÁRIO

I. O MARIDO 7

II. A DESPEDIDA 45

III. PEDIDO DE CASAMENTO 77

IV. A FILHA 125

SE FOSSE POSSÍVEL VIAJAR NO TEMPO, QUEM VOCÊ GOSTARIA DE ENCONTRAR?

Caso o leitor ache necessário, na página 157 há um organograma dos personagens e suas correlações.

O MAR|DO

— Por mais que se tente, não se pode mudar o presente?

Monji Kadokura, em dúvida, inclina a cabeça de cabelos grisalhos. O movimento faz uma pétala de cerejeira esvoaçar do seu cabelo até o chão. Sob a luz das luminárias com cúpula, penduradas no teto, a única iluminação tingindo o salão do café num tom sépia, ele aproxima bem o rosto para checar as anotações que fez no seu bloco de notas.

— O que isso significa, mais especificamente?

— Vou tentar explicar.

É Nagare Tokita quem responde a pergunta. De olhos bem puxados, um gigante beirando os dois metros de altura, ele é o proprietário do café e está vestindo seu costumeiro uniforme de cozinheiro.

— Tomemos, como exemplo, esta caixa registradora. Ela é uma das mais antigas ainda em uso no Japão e por isso muito valiosa. Vazia, pesa 40 quilos, o que dificulta que a roubem. Mas digamos que, um dia, ela *seja* de fato surrupiada.

Nagare dá uma tapinha nela no balcão.

– Nesse caso, poderíamos pensar da seguinte forma. Se isso acontecesse, obviamente iríamos querer voltar no tempo e escondê-la em algum lugar, ou colocar alguém de vigília para impedir a entrada no café da pessoa com a intenção de roubá-la, certo?

– Seria o mais natural, sem dúvida – concorda Kadokura.

– Só que isso é impossível. Por mais que nos esforçássemos para que a caixa registradora não fosse roubada, ainda assim um ladrão entraria no café e a levaria de qualquer maneira, mesmo estando ela bem escondida.

– Nossa, isso é muito intrigante. Que explicação científica haveria por trás disso? Gostaria de conhecer a relação de causa e efeito, se é que você me entende. Seria, talvez, algo parecido com o efeito borboleta? – Kadokura encara Nagare com os olhos brilhando de euforia.

– Efeito borboleta? – É a vez de Nagare inclinar a cabeça, confuso.

– Trata-se de uma teoria que o meteorologista Edward Lorenz apresentou numa conferência realizada na Associação Americana para o Avanço da Ciência em 1972. Algo semelhante ao provérbio japonês *"Quando o vento sopra, os fabricantes de barris lucram."*

– Acho que entendi.

– Mas o fato de o presente não mudar, mais do que um efeito é uma correção, não acha? Sendo assim, o efeito borboleta está descartado. Ah, tudo está cada vez mais intrigante – Kadokura balbucia entusiasmado, enquanto faz anotações no bloco de notas.

– Verdade seja dita, a gente só ouviu dizer que *isso é uma regra*, não é, Kazu? – Nagare busca a concordância de Kazu Tokita, de pé ao seu lado.

– Exatamente – responde ela com fisionomia inexpressiva, enquanto enxuga um copo, cabisbaixa.

Kazu é prima de Nagare e garçonete no café. Veste uma blusa branca, colete preto e avental vinho. Seu belo rosto é alvíssimo e os olhos, amendoados, mas sem qualquer traço marcante. Vendo-a uma vez e fechando os olhos, perde-se de imediato a lembrança de como são suas feições. Até mesmo Kadokura, que acompanha o olhar de Nagare em direção a ela, só agora se dá conta de que há mais alguém ali com eles. De figura tênue, sua presença não se destaca.

– E você, professor Kadokura, veio ao café para se encontrar com quem? – Fumiko Kiyokawa entra na conversa.

– Srta. Kiyokawa, deixe de lado esse "professor", por favor. Não dou mais aulas. – Kadokura sorri timidamente e coça a cabeça.

Fumiko já vivenciou a experiência de voltar ao passado para se encontrar com o namorado de quem havia se separado. Agora é uma cliente habitual do café e o visita quase que diariamente após o trabalho. Está sentada ao balcão, próxima à caixa registradora.

– Ah, pelo visto vocês se conhecem – diz Nagare.

– Tive aulas de arqueologia com o professor Kadokura na universidade. Ele não é somente um professor de arqueologia. É um aventureiro que já rodou o mundo inteiro. Por isso, suas aulas eram ricas em conteúdo e extremamente valiosas para mim – informa Fumiko.

– Talvez você seja a única a achar isso. E ainda digo: você foi uma aluna exemplar, sempre a primeira da turma.

– Menos, menos… Sou apenas muito competitiva, detesto perder – acena Fumiko num gesto de modéstia.

Apesar de demonstrar humildade, na época do colegial, Fumiko, autodidata, aprendera seis idiomas e se formara com louvor na universidade. Mesmo afastado da cátedra, Kadokura ainda se lembrava da excelência da ex-aluna. Não era apenas uma questão de ser competitiva.

– Então, professor?

– Ah, sim, você me indagou se eu vim me encontrar com alguém. Bem, na verdade... – Kadokura desvia o olhar de Fumiko, sentada ao seu lado, e o fixa nas próprias mãos cruzadas.

– Quero ver a minha esposa... para conversar uma vez mais com ela – declara em voz baixa.

– Com a sua esposa? Oh, não me diga que ela... – Fumiko olha com doçura para Kadokura. Mesmo não tendo completado a frase, ele entende que ela imaginou que a esposa havia falecido.

– Oh, não. Ela está viva.

O rosto de Fumiko se descontrai com a resposta. O de Kadokura, porém, permanece sombrio.

Supondo haver algo mais, Fumiko e Nagare se calam, esperando que ele prossiga.

– Ela está viva, mas sofreu danos cerebrais num acidente, e seu estado agora é vegetativo. Em breve, vai completar dois anos e meio. Ouvi dos médicos que, em geral, um paciente em tal estado tem uma sobrevida de três a cinco anos no máximo, mas que, devido à idade, ela pode morrer a qualquer momento.

– Sinto muito. Então, a sua intenção é voltar ao passado para impedir o acidente dela? Se for isso, lamento, pois como já expliquei...

Kadokura meneia de leve a cabeça em reação às palavras de Nagare.

– Não, eu estou ciente disso. A bem da verdade, tinha esperança de que houvesse uma chance. Mas agora, para ser sincero... – Ele coça uma sobrancelha. – Você despertou a minha curiosidade – confessa e ri, nervoso.

– O que você está querendo dizer com isso? – pergunta Fumiko, confusa.

– Não acha fascinante a ideia de não se poder mudar o presente, mesmo viajando ao passado? – pergunta Kadokura com o olhar vívido de uma criança, embora, no instante seguinte, sua expressão volte a ficar sombria. – Eu devo estar parecendo inescrupuloso ao dizer isso, não? Afinal, minha esposa está em estado vegetativo.

– Ah, de jeito algum. – Fumiko sorri com uma ponta de amargura. No fundo, está pensando: *Que inescrupuloso!*

– Esse traço da minha personalidade causou muito sofrimento à minha esposa. Apaixonado desde jovem pela arqueologia, eu sempre vivi apenas em função dos meus interesses pessoais. Aventureiro, percorri todos os cantos do mundo, passando muito tempo fora de casa. Ela cuidou do nosso lar e criou os nossos filhos, sem nunca reclamar. Quando percebi, as crianças já haviam crescido, deixado o ninho, e restamos apenas nós dois. Mesmo assim, eu continuei deixando-a sozinha em casa para partir em viagens mundo afora. Ao voltar para casa, certo dia, ela esperava por mim... só que em estado vegetativo.

Depois de discorrer sem pausa, Kadokura puxa de dentro do bloco de notas uma pequena foto. Nela se vê um jovem casal. Nagare e Fumiko logo percebem que são o ex-professor e a esposa. Olhando bem, um grande relógio de pêndulo atrás deles parece igual a um dos três relógios do café.

– Esta foto foi tirada, uns vinte ou vinte e cinco anos atrás, neste café. Vocês já ouviram falar de câmeras instantâneas, não?

– Você está se referindo às câmeras Instax? – devolve Fumiko.

– As pessoas agora as chamam assim, isso mesmo. Na época, essas câmeras que tiravam fotos que podiam ser visualizadas instantaneamente estavam no topo da moda. A gerente deste café trouxe uma para tirar nossa foto, dizendo que era para termos como lembrança.

– Foi a minha mãe. Ela adorava tudo que era novidade. Aí deu essa desculpa, mas, no fundo, devia mesmo era estar doida para mostrar a câmera nova – explica Nagare, dando de ombros com um sorriso irônico.

– Minha esposa me pediu para levar essa foto sempre comigo. Que era um amuleto protetor. Claro que não há nenhum embasamento científico nisso – declara Kadokura, balançando a foto.

– Você quer voltar ao dia em que essa foto foi tirada?

– Não. Nunca mais vim ao café depois disso, mas, ao que tudo indica, a minha esposa, às vezes, marcava de se encontrar com os nossos filhos aqui. Por isso, se for para retornar, gostaria que fossem dois ou três anos antes de ela entrar em estado vegetativo.

– Entendi – replica Nagare e, num átimo, olha para a mulher de vestido branco sentada numa cadeira lá no fundo do café. De pele alvíssima, quase translúcida, e longos cabelos negros, ela lê serenamente um livro.

– Há algo mais que queira perguntar?

– Deixe-me ver... – Kadokura insere a foto de volta no bloco de notas, abre na página onde pouco antes fizera anotações sobre as regras e, aproximando de novo o rosto, checa o conteúdo.

– Tenho uma pergunta acerca da regra que confirmei há pouco, referente ao presente não poder ser modificado...

– Qual seria?

– De que forma as palavras de alguém proveniente do futuro permanecem na memória das pessoas no passado?

– Hã? Ah, é... – Nagare não capta de imediato o significado da pergunta de Kadokura. Franze o cenho e inclina a cabeça. – O que você quer saber exatamente?

– Desculpe, não fui muito claro. – Kadokura coça a testa. – Entendi que existe algum tipo de força, que você chama de "regra", que atua para impedir que o presente mude. O que desejo saber é se essa regra tem efeito não apenas no presente, mas também na memória.

Um ponto de interrogação continua acima da cabeça de Nagare.

— Em outras palavras, quero saber se a regra modifica ou elimina a memória daqueles que souberam que a caixa registradora seria roubada.

— Ah, agora entendi — diz Nagare, cruzando os braços.

— Então? Como acontece de fato? — Fumiko se intromete, assumindo o papel de Kadokura.

— Bem, deixe-me pensar.

Nagare não tem uma resposta pronta. Nunca refletiu a respeito. Tampouco compreende por que isso é importante para Kadokura. Que seja do seu conhecimento, até então ninguém se preocupou com esse tipo de questão.

Fumiko, ao lado do ex-professor, olha agora fixamente para Nagare, parecendo também se importar. Ela voltara ao passado para se encontrar com o namorado de quem se separara no Funiculì Funiculà. Porém, outra regra do café era que, uma vez tendo voltado ao passado, a pessoa não poderia fazê-lo uma segunda vez. Nesse particular, a questão não dizia respeito a ela. Apesar disso, Fumiko estava agindo como se fosse a assistente do ex-professor.

Novas rugas surgem entre as sobrancelhas de Nagare, que transpira na testa, e seus olhos se semicerram ainda mais.

— Hum, deixe-me pensar. — É tudo que ele consegue resmungar.

— Memórias não são afetadas pela regra.

Quem esclarece não é Nagare, mas Kazu, que, ao seu lado, terminou de secar os copos e dobra guardanapos de papel. A voz é límpida e transparente. No entanto, apesar da resposta pertinente, não interrompe a tarefa em andamento.

— Por vezes, as pessoas conversam, fingindo ignorar a verdade, apesar de conhecê-la. Elas sabem que a caixa registradora será roubada. Mesmo *sabendo* disso, fingirão desconhecimento até a hora em que o fato ocorrer. A regra interfere na parte referente ao "fingir", mas não na memória. *É impossível uma pessoa esquecer o que ouviu.* Assim, até o dia em que a caixa registradora for roubada, essa pessoa viverá ansiosa. Afinal, saberá que o roubo ocorrerá. No entanto, como entender e de que forma conviver com isso depende de cada um. É tudo uma questão de como encarar as coisas. A memória e as emoções que brotam daí são algo pessoal. A regra não interfere em nada.

Ao ouvir a explicação de Kazu, a expressão no rosto de Kadokura se ilumina.

– É mesmo? Que ótimo. Era justamente o que eu desejava ouvir. Minhas dúvidas se foram. Por favor, me mandem de volta ao passado, antes da minha esposa ficar em estado vegetativo – pede e, levantando-se do banco, faz uma profunda reverência.

– Como queira – replica Kazu, com a fisionomia serena.

Admirada com a postura de Kazu, Fumiko aplaude, enquanto Nagare se mostra atônito. Esta não é uma regra nova. É um fato ocultado à sombra da segunda regra e esclarecido devido à pergunta feita por Kadokura. Mesmo voltando ao passado, por mais que se esforce, não se pode mudar o presente. No entanto, embora a regra tenha efeito em relação a um acontecimento para impedir que o presente se altere, ela não interfere nas memórias das pessoas.

O foco de Kadokura não está na regra sobre o presente não mudar, mas no seu efeito sobre a memória. *Isso deve ser algo importante.*

Nagare se dá conta do significado profundo da regra e olha para o teto, semicerrando ainda mais os olhos.

– Então, sobre as outras regras… – Kazu retoma a explicação, mas, para Kadokura, elas não são tão relevantes. Nem o fato de, no passado, não ser possível se afastar do seu assento, tampouco o limite de tempo.

– Entendi – concorda simplesmente.

Porém, quando Kazu comenta que a mulher de vestido branco é um fantasma e que ela amaldiçoa quem tenta tirá-la à força da sua cadeira, os olhos de Kadokura se iluminam de uma fascinação pueril.

– Ainda custo a crer que seja um fantasma, mas confesso que o meu interesse maior é pela maldição. No mundo da arqueologia, também existem histórias mágicas difundidas como sendo plausíveis. Li muitos livros sobre fenômenos paranormais. Contudo, essas manifestações carecem de embasamento científico, e eu próprio nunca tive efetivamente contato com alguém que tenha sido amaldiçoado. Gostaria de experimentar.

– Quê?! – exclama Fumiko numa voz grave. – Está falando sério?

– Claro que sim. Estou ansioso para tentar. Você já não havia dito que foi amaldiçoada por ela, srta. Kiyokawa? Como foi a sensação? Se eu tentar obrigar a mulher a sair da cadeira, será que eu também serei alvo do seu esconjuro?

As palavras de Kadokura fazem Nagare e Fumiko se entreolharem e darem de ombros. Ao mesmo tempo, Nagare pensa: *Ele é igualzinho à minha mãe.*

A mãe de Nagare também tinha um espírito livre, cujo maior desejo era estar sempre viajando. Em determinada época, chegou a se autodenominar "aventureira". Era extremamente ativa, insaciável em relação aos seus interesses e, em consequência, descuidava da própria família. De mente aberta, não se apegava a nada. Justamente por isso, ela e o pai de Nagare se divorciaram antes mesmo de ele nascer. Ela entregou o filho recém-nascido à irmã mais nova, mãe de Kazu, e foi viver no exterior. Nagare ouviu dizer que ela mora atualmente em Hokkaido, mas como ela nunca informou o paradeiro e sempre fez tudo ao seu bel-prazer, ficou impossível saber com certeza.

É... a sra. Kadokura também deve ter sofrido um bocado!

Nagare não pôde deixar de sentir compaixão pela esposa e pelos três filhos de Kadokura, ao ver que ele parecia ter o mesmo jeito excêntrico da mãe.

– Creio que você possa ser amaldiçoado, mas sinceramente eu não recomendaria – replica Nagare, com frieza.

Kadokura se mostra inabalável.

– Mesmo assim, se for possível... – implora com uma sinceridade irritante nos olhos.

Não tem jeito. Ele está irredutível. Por mais que eu fale, nada o fará desistir.

Nagare suspira.

– Uma única vez, ok?

– Muito obrigado!

Mesmo acreditando que as coisas tomaram um rumo bizarro, Nagare, ainda relutante, leva Kadokura até a mulher de vestido branco. Com o rosto tenso, ele tira do bolso um lenço e, enxugando o suor da testa e das mãos, para diante da mulher.

– Com licença.

Kadokura encara a mulher de vestido branco. Ela continua impassível, lendo o livro, a fisionomia inalterada. É o romance *O cão que queria ser gato e o gato que queria ser cão.*

– Hã? Essa senhora com certeza... – sussurra Kadokura ao olhar para o rosto dela.

– Há algo errado?

– Ah, não. Não foi nada. Posso forçá-la a sair?

– Sim, vá em frente.

– Ok. Então, vou tentar.

Kadokura inspira fundo e se aproxima um pouco mais da mulher de vestido branco.

– Desculpe-me, senhora. Poderia desocupar essa cadeira? – pede, sacudindo o ombro da mulher.

Como ela não demonstra qualquer reação, ele olha, então, para Nagare em busca de ajuda.

– Coloque um pouco mais de força.

– Ah, ok.

Com mais determinação, Kadokura segura o ombro da mulher.

– Desculpe-me! Por favor, pode sair daí? – pede bem alto e a puxa com firmeza.

Nesse momento, a mulher de vestido branco fica de pé e o encara de volta com olhos bem abertos.

– *Eita!*

Kadokura cai de joelhos instantaneamente. As luzes no interior do café tremeluzem como chamas de velas, e uma voz sinistra, como o gemido de um espectro, ressoa proveniente não se sabe de onde. O rosto da mulher, até então pálido e tranquilo enquanto lia o livro, se transmuta por completo. Inclinando o corpo sobre a mesa e com os olhos horrivelmente arregalados, ela encara Kadokura de um jeito assustador.

– Ah, essa é a maldição! Meu corpo está tão pesado e... ai... dói como se os meus ossos estivessem sendo retorcidos. Ah, então uma maldição é assim! É a minha primeira experiência! Ah, o meu corpo, de tão pesado, não me obedece. Ai, que peso! Parece que colocaram um cobertor de chumbo em cima de mim.

Kadokura está engatinhando pelo assoalho com uma expressão de prazer.

– Já chega? – pergunta Nagare.

Ao lado dele, Kazu aguarda, segurando um bule prateado.

– Rá, rá, rá, não, mais um pouco, eu agora estou sendo amaldiçoado. Uma experiência tão preciosa como essa não acontece todo dia...

– Se você está dizendo... – Nagare suspira profundamente.

Do seu assento no balcão, Fumiko sorri ao observar Kadokura engatinhando.

– Oh!

Pouco depois, o ex-professor está estirado com as pernas e os braços abertos. Como era de se esperar, ele tem dificuldade para respirar, e da garganta brota um som ininteligível. Talvez não esteja conseguindo falar.

– Kazu. – Nagare faz um sinal para ela, talvez imaginando que será perigoso se as coisas ultrapassarem aquele ponto.

Ela se aproxima da mulher de vestido branco, cujos cabelos estão desgrenhados. A mulher olha fixamente para Kadokura.

– Que tal um refil do seu café? – oferece Kazu gentilmente.

Nesse momento, a mulher, que parecia prestes a saltar sobre a mesa para atacar Kadokura, sussurra:

– Sim, por favor. – E, acalmando-se num piscar de olhos, senta-se pesadamente na cadeira.

Ao mesmo tempo, a iluminação no interior do café volta ao normal, e os sons semelhantes a gemidos de espectros se desvanecem.

– Opa.

A maldição foi desfeita. A respiração de Kadokura volta ao normal. Ele ainda resfolega um pouco, mas a expressão ao erguer o rosto é luminosa e pura como a de uma criança.

A mulher de vestido branco toma um gole do café que lhe foi servido e retoma calmamente a leitura.

– Entendi, entendi. Então isso é que é uma maldição. Muito interessante.

Kadokura se levanta rápido, volta para o seu banco ao balcão e começa a anotar algo no seu bloco de notas a uma velocidade impressionante.

Nagare está perplexo, enquanto Fumiko o observa, sorrindo com uma certa indiferença. Apenas Kazu continua com a fisionomia serena, como se nada tivesse acontecido.

– Falando nisso, como está a pequena Miki? Eu vim somente para ver o rostinho lindo dela – diz Fumiko, dirigindo-se a Nagare, enquanto Kadokura segue fazendo anotações.

Miki é a filhinha de Nagare e Kei Tokita.

– Como assim? Ontem mesmo você esteve com ela.

– Estive, mas…

– Não acha que está exagerando?

– Qual é o problema? Ela está tão engraçadinha, que não me canso de olhar para ela todos os dias.

– Que esquisito. Vai entender.

Apesar de usar palavras, digamos, incisivas, os olhos estreitos de Nagare se arqueiam, radiantes. Ele está feliz.

– Ela está dormindo?

– Lá no fundo.

– Posso ir vê-la?

– Claro.

– Obrigada!

Fumiko salta do banco e pega o celular na bolsa a tiracolo.

– Já não tirou fotos demais dela?

– Hoje vou gravar um vídeo.

Ela segue para o cômodo dos fundos, com um sorriso de orelha a orelha.

– Será que as crianças são de fato assim tão graciosas? – sussurra Kadokura, que terminou suas anotações e agora olha na direção do cômodo para onde Fumiko se apressou a ir.

– Ah, não me entenda mal. Não quis insinuar com isso que a sua filhinha não seja graciosa. Eu mesmo tenho duas filhas e um filho. Todos adultos, e até já tenho netos.

– E eles não eram graciosos quando pequenos? – pergunta Nagare, com ar de dúvida.

– Não sei. Quando cada um deles nasceu, eu estava no exterior. Nas poucas vezes em que retornei, sempre tinham dado uma boa crescida. Minha segunda filha, certa vez, até me pediu "Apareça de novo para nos visitar." – Kadokura ri com certa amargura. – Quando penso nisso agora, talvez eu nunca devesse ter constituído uma família. Meus filhos cresceram rápido. Quando estavam na escola primária e no colegial, eu não sabia como interagir com eles. Apesar disso, a minha esposa não dizia nada. Ela sempre se despedia de mim com um sorriso.

– Você está arrependido?

Faz-se um longo silêncio antes de Kadokura responder a pergunta de Nagare.

– Talvez eu esteja decepcionado comigo mesmo por não estar arrependido. Eu queria poder sentir remorso. – E então completa: – O que devo fazer agora?

– Hã? – Nagare arregala instantaneamente os olhos. – Ah, isso não é algo que eu possa...

– Não, eu estou me referindo ao que devo fazer para voltar ao passado.

– Ah, sim.

– Desculpe, eu acabei confundindo você com a minha estranha conversa.

– Imagina – retruca Nagare, enxugando o suor da testa. – Em primeiro lugar, para viajar ao passado, você deve esperar que ela desocupe a cadeira onde está sentada. Ela sempre vai ao banheiro uma única vez ao dia, e você terá que se sentar na cadeira nessa hora.

– Você está dizendo que ela vai ao banheiro, mesmo sendo um fantasma? Isso está ficando interessantíssimo.

– Contudo, ninguém sabe quando ela irá.

– Isso significa que...

– Você vai ter que esperar. Se tentar forçá-la a sair, já sabe bem o que vai acontecer.

– Serei amaldiçoado.

– Exatamente.

– Entendi. A propósito, vocês servem refeições aqui?

– Claro. Diga o que deseja; se tivermos os ingredientes necessários, eu poderei preparar, mesmo não constando no cardápio.

– Entendi. Então, poderia ser frango com ovo em cima do arroz?

– Um *oyakodon*?

– Ótimo. Antigamente, a minha esposa sempre preparava para mim. Pode ser, por favor.

– Claro, deixa comigo – responde Nagare, retirando-se para a cozinha.

Kadokura torna a abrir o bloco de notas e começa a anotar algo.

No salão, restam apenas Kazu, a mulher de vestido branco e ele.

Está silencioso agora.

Em geral, música clássica ou jazz são as mais tocadas em cafés. Tomar um café ouvindo uma música relaxante é um dos deleites de se saborear a bebida. Entretanto, no Funiculì Funiculà, não há música tocando. O que se ouve no salão é apenas o tique-taque dos três grandes relógios de pêndulo, escoando o tempo.

Todos mostram horas completamente discrepantes. Kadokura, então, checa o próprio relógio e constata que apenas o do meio exibe a hora correta. Os outros dois estão com defeito, um girando rápido demais e o outro, devagar.

No interior do café sem janelas e onde não penetra a luz solar, alguns clientes de primeira viagem perdem a noção do tempo. De volta ao Funiculì Funiculà, Kadokura relembra quando visitou o café pela primeira vez. Parece que foi ontem.

– Na realidade, eu já vi aquela mulher – declara subitamente para Kazu. – No dia em que foi tirada a foto que mostrei há pouco. Pensei que estivesse enganado; afinal, passaram-se vinte e quatro ou vinte e cinco anos.

Kadokura olha para a mulher de vestido branco. Kazu ouve em silêncio, sem interromper o trabalho de lavagem dos copos.

– Mas não tenho dúvida. É ela. Naquela ocasião, serviu café a mim e a minha esposa. Apenas os cabelos estavam mais longos, mas o olhar melancólico continua exatamente o mesmo. Por que ela acabou sentada naquela cadeira? O que aconteceu com ela?

Plaft!

Enquanto Kadokura fala, ouve-se de repente o som de um livro sendo fechado. É a mulher de vestido branco. Ela se levanta com vagar, passa em silêncio por trás de Kadokura, que está sentado ao balcão, e entra no banheiro.

Depois de vê-la desaparecer, ele se vira e olha o assento vazio.

– O assento desocupou, certo?

– Sim.

– Se eu me sentar nele, vou poder viajar ao passado?

– Isso mesmo. Quer se sentar?

– Nem precisa perguntar duas vezes.

Logo depois de responder, Kadokura vai se postar diante do assento da viagem no tempo. Contudo, fica parado sem se sentar, apenas olhando fixamente a cadeira vazia.

É um móvel em estilo vitoriano, com elegantes pés no estilo *cabriolet* descrevendo uma leve curvatura e assento estofado em tecido verde-musgo. Apesar de ser uma réplica, ele sabe que se trata de uma peça bastante valiosa.

Embora seja um completo leigo no assunto, apostaria que cada uma das luxuosas cadeiras do café deva custar algumas centenas de milhares de ienes.

Mas não é com isso que ele se preocupa.

– Ela não parece diferir em nada das outras cadeiras, não?

Agacha-se e acaricia o assento estofado. Quer entender o que a cadeira que permite voltar ao passado tem de especial em relação às outras.

– É fria. Não, o espaço ao seu redor é que é frio. Por que isso? O espaço é que é especial e a cadeira, igual às demais? Seria possível voltar ao passado se a substituíssemos por uma outra?

Ao se virar, Kazu não se encontra mais ali. Está falando sozinho. Porém, parecendo não se importar com isso, desliza o corpo lentamente entre a mesa e a cadeira.

– Hum. Não há dúvida. Fica claro quando se senta. A cadeira não é fria. O espaço é que é friorento.

Kadokura move lentamente a palma da mão, afastando-a mais e mais do corpo. Procura identificar limites sutis de temperatura.

– A partir daqui... aqui... aqui... e aqui, a temperatura difere nitidamente. Apenas o espaço de oitenta centímetros por oitenta centímetros a partir do centro da mesa e incluindo a cadeira é, de alguma forma, especial.

Sem que Kadokura se dê conta, Kazu voltou da cozinha. Ela tem em mãos uma bandeja com um bule prateado e uma xícara de café branca.

Kadokura continua a falar sem se importar com ela. Estando Kazu presente ou não, seu tom de voz não se altera.

– Estou achando que talvez seja este espaço de pouco mais de meio metro quadrado que permite voltar ao passado.

– Está corretíssimo.

– Entendi, entendi. Que fascinante!

Kadokura começa a fazer novas anotações no bloco de notas. Enquanto Kazu está retirando a xícara usada pela mulher de vestido branco, Nagare volta da cozinha. Ele segura uma concha de madeira.

– Uma pergunta.

– Sim.

– O que faço com o *oyakodon*?

– Ah, tinha até me esquecido.

Kadokura interrompe a anotação e ergue o rosto. Ele não esperava que a mulher de vestido branco se levantasse tão cedo.

– O que poderemos fazer? Vai dar para esperar até eu voltar?

– Claro, sem problema.

– Então, na minha volta.

– Combinado.

Kadokura fareja o ar.

– O cheiro está ótimo. Estou ansioso para provar quando regressar – diz, sorrindo para Nagare.

– Estaremos aqui esperando.

Os olhos estreitos de Nagare formam um novo arco enquanto volta para a cozinha.

– Bem, então...

Kadokura endireita a postura e assente ligeiramente para Kazu. É o sinal de que ele quer lhe pedir para seguir adiante com os procedimentos. Calada, Kazu se põe ao lado da cadeira. Ao olhar para o rosto dela, Kadokura sente um frio na espinha.

Como são parecidas. Ela se assemelha muito ao fantasma que estava sentado aqui havia pouco.

A pele alva, quase translúcida. Os olhos estreitos. A expressão melancólica, sombria até. E, além disso, a compleição. Ou melhor, a silhueta. Possivelmente, só alguém com a perspicácia de Kadokura seria capaz de desconfiar, mas ele está convencido.

Elas são, sem dúvida, mãe e filha.

Obviamente, a mulher de vestido branco é a mãe e a garçonete diante de seus olhos, a filha.

Quero saber a história por trás disso.

Porém, ele engole as palavras. Pode imaginar com facilidade quão inusitado é ter a própria mãe transformada num fantasma, sentada numa cadeira, sem envelhecer. Não é o tipo de assunto no qual pode se imiscuir por mera curiosidade.

Mesmo assim, quero saber.

– Me diga, por favor...

Não, não posso.

Ele balança a cabeça, como para afugentar a pergunta que lhe cruzou a mente.

Vamos pensar agora somente na volta ao passado.

– Não, não foi nada. Continue, por favor.

Quando Kadokura ergue o rosto, Kazu, como se esperasse por isso, coloca uma xícara vazia diante dele.

– Agora eu vou lhe servir o café. Seu tempo no passado começará assim que eu servir o seu café e irá durar até ele esfriar.

– Sim, estou sabendo.

– Ao voltar ao passado, por favor, beba todo o café antes que esfrie.

– Antes que o café esfrie?

– Isso mesmo.

– Por quê?

– Se você não beber todo o café antes que esfrie...

– O que vai acontecer?

– Será a sua vez de virar um fantasma e ficar sentado para sempre nesta cadeira.

– CARAMBA! – É sua exclamação mais alta emitida até então. Mesmo quando amaldiçoado mais cedo, ele não havia falado tão alto. Não estava espantado simplesmente com a história de virar um fantasma, caso não bebesse o café até o fim. Exclamou porque, se aquilo fosse mesmo verdade, acabara de solucionar o mistério do porquê de a garçonete que vira no passado, no café, estar sentada na cadeira, exatamente do jeito que ela era na época.

Que doido...

Kadokura olha consternado para Kazu.

– Por que ela ficou assim? – pergunta espontaneamente. – Ah, desculpe. Por favor, faça de conta que não perguntei nada. Vamos em frente.

Kadokura tenta a todo custo apagar as palavras. Porém, não importa o que venha a dizer, agora é tarde, ele não tem como negar a sensação de estar pisando em ovos.

– Kaname... ela foi se encontrar com o finado marido – responde Kazu.

– Ah, então foi isso.

Kadokura sente um aperto no peito ao ouvir Kazu chamar a própria mãe pelo nome.

– Ela conhecia bem as regras deste café, mas deve ter se esquecido do tempo transcorrendo e... quando percebeu, o café já havia esfriado.

– E ela se transformou num fantasma?

– Ã-hã.

– Entendi. – Kadokura franze o cenho.

Que história estranha.

As regras para voltar ao passado, que ele ouvira até aquele ponto, eram irritantes, mas não perigosas. Regras tais como não poder encontrar alguém que nunca visitara o café, não poder se levantar do assento ou não poder mudar o presente não implicavam risco.

Na realidade, algo que ele aprendera ao ser amaldiçoado era que, embora fosse doloroso, não era insuportável. Assim como as pessoas têm pontos de meridiano que doem ao serem pressionados, ele tivera essa mesma sensação.

Fora isso, agora até se sentia revigorado com uma renovada sensação de bem-estar. Na realidade, após a maldição, a rigidez nos ombros, de que padecia havia longos anos, até que tinha melhorado. Chegou mesmo a considerar a maldição como algo semelhante a uma massagem terapêutica.

Contudo, essa nova regra representava algo completamente diferente.

Se eu não tivesse suspeitado que o fantasma e ela são mãe e filha, provavelmente não teria percebido nessa regra um grande risco.

Kadokura já havia decidido o que teria para dizer à esposa ao voltar ao passado. Provavelmente não levaria muito tempo.

Por isso, não se espantou ao ouvir que a permanência no passado seria até o café esfriar e, inclusive, achou que era tempo mais do que suficiente. Porém, agora se dera conta da relação entre as duas. Estava cem por cento convencido de que eram mãe e filha.

Que regra cruel! Talvez ainda mais por serem mãe e filha.

Kadokura respira bem fundo para acalmar as emoções.

Muito bem, agora preciso manter o foco na minha volta ao passado, afirma para si mesmo.

– Seja como for, basta eu tomar todo o café antes que esfrie.

– Exatamente.

– Entendido. Pode servir o café, por favor.

Ao ouvi-lo, Kazu ergue lentamente o bule prateado que segura na mão direita. Kadokura está fascinado com o movimento. Kazu interrompe a ação quando o bule alcança a altura do peito dele, pisca tranquilamente e executa cada gesto com elegância e eficiência.

Que lindo! Involuntariamente, ele suspira. Kazu mantém-se cabisbaixa, olhando para a xícara vazia. Kadokura pode sentir a tensão preencher o ar do salão. Ouve apenas o som dos três relógios escoando o tempo.

Drim, dong.

De repente, o relógio na extremidade mais à esquerda soa.

– Então... – diz Kazu, como se esperasse pelas badaladas do relógio – antes que o café esfrie – sussurra.

Quando o som dessas palavras reverbera no interior do café, o ar tenso parece vibrar com mais intensidade.

Sinto como se este espaço que me envolve tivesse esfriado ainda mais.

O ritual continua. Em movimentos semelhantes aos de uma câmera lenta, Kazu começa a verter o café na xícara.

Ah...

Quando um fio de fumaça ascende do café ao preencher a xícara, o espaço de oitenta por oitenta onde Kadokura está sentado começa a oscilar juntamente com o tremor do vapor.

Essa oscilação se torna semelhante a uma sensação de vertigem.

Nossa! Meu corpo está se vaporizando?

Kadokura olha para as mãos transformadas em vapor. O corpo ascende com lentidão.

A paisagem ao redor começa a fluir para cima e para baixo. *Nunca pensei que pudesse experimentar uma sensação tão bizarra!*

Observa com alegria a paisagem tremeluzindo. Se pudesse usar as mãos que se vaporizavam, possivelmente pegaria seu bloco de notas para fazer anotações.

Que falta faz uma câmera de vídeo nessas horas para registrar tudo isso!

E se arrepende de não ter levado uma, em meio ao esvanecimento da consciência.

Mieko, minha esposa, era uma mulher tranquila. Raramente falava e não tinha opinião própria. Aceitava tudo sem nunca dizer não. Divorciara-se uma vez. Contou-me que o casamento fora do tipo arranjado. Lembro que, ao perguntar o motivo do divórcio, ela se limitara a responder "Ele me achava uma mulher entediante."

Nós nos conhecemos também num encontro arranjado. Na época, eu tinha 31 anos e Mieko, 28. Eu já estava envolvido de corpo e alma com a arqueologia, e praticamente não parava no meu apartamento alugado.

"Casamento não é para mim. Além de ser um pé-rapado, quase não volto para casa. Que mulher se interessaria em ter como marido um sujeito como eu?"

Mesmo me ouvindo dizer isso, minha tia casamenteira, que queria me ver casado a qualquer custo, me apresentou Mieko.

"Isso para mim não é problema", foi o que disse Mieko.

Ainda assim, eu estava convicto de que ela logo me odiaria e pediria o divórcio. Eu imaginava que nunca teria uma companheira na vida. Não só era obcecado pela arqueologia, como só me importava com aquilo que me despertasse interesse.

Uma pessoa como eu não conseguiria fazer outras pessoas felizes. Eu achava que toda a minha atenção estava voltada para mim mesmo. E ainda acho. Todavia, Mieko jamais aventou a possibilidade de um divórcio.

"Nos vemos mais tarde. Vai direitinho." Ela dizia poucas palavras, mas, sempre que eu partia, se despedia sorridente.

E quando eu voltava para casa vários meses depois, ela me recepcionava com um "Ah, você voltou. Quer jantar?", como se eu tivesse saído pela manhã.

Eu adorava conversar, mais do que eu próprio imaginava. Quando chegava de uma expedição, contava para Mieko os acontecimentos nas escavações de campo e as coisas que vira e ouvira, e que eu anotara no meu bloco de notas. Porém, ao final da conversa, ela invariavelmente dizia: "Não entendo nada desses assuntos."

Apesar disso, Mieko ouvia as minhas histórias até o final, sem me interromper. Nunca me importei se ela compreendia o que eu estava falando. Eu só queria alguém que me ouvisse.

Sei que as pessoas me consideravam um excêntrico. Talvez eu fosse um solitário. Não me importava com essa condição. E Mieko era a única pessoa que me oferecia um lugar onde eu podia me sentir à vontade.

Contudo, quando as crianças nasceram, meus colegas começaram a me aconselhar: "Que acha de agir um pouco mais como pai?"

Isso me causava um estresse inimaginável. Afinal, desde o início, eu sabia que não conseguiria ser um bom pai. O mesmo eu sentia com relação ao casamento.

As coisas só caminhavam bem porque Mieko era uma pessoa extraordinária. As crianças, porém... elas desejavam uma família normal, com um pai normal. Apesar disso, eu não mudei.

"Apareça de novo para nos visitar." Não foi um choque para mim quando ouvi minha segunda filha me pedir isso.

Ela fala umas coisas fofas. Essa garota tem senso de humor, pensei comigo.

Felizmente, a minha pesquisa estava sendo reconhecida, e já não passávamos dificuldades financeiras. Quando as crianças atingiram a maioridade, a única coisa que pude fazer por elas foi lhes comprar uma casa.

"Finalmente você está agindo como um verdadeiro pai", declarou a minha mais velha, mas eu próprio não sabia se isso entrava na categoria de "verdadeiro pai", porque dinheiro era algo que não me interessava. E eu nem tinha como gastá-lo.

Seguindo o conselho de Mieko, comprei uma casa para a minha primogênita, usando algo que não tinha valor para mim.

Pensei em comprar também uma casa para Mieko, mas ela recusou. "Este apartamento é suficiente para mim", declarou.

Portanto, nós dois moramos sempre no mesmo apartamento. Para mim era um local para onde eu regressava apenas ocasionalmente. Apesar disso, Mieko insistia que ali estava bem para ela.

Se eu tivesse me casado com outra mulher, as coisas decerto não teriam caminhado bem. Gostaria de saber o que Mieko achava disso. Mas agora não tenho como saber.

"Coitadinha da mamãe."

"Você deveria dar mais valor a ela."

"Mamãe anda muito solitária."

As crianças se preocupavam à sua maneira com a mãe.

"Preferia ter tido um pai normal." Essas palavras foram ditas pelo meu filho, quando ele estava na escola primária. Na época, eu não fazia a mínima ideia de como, afinal, era ser um pai normal.

Estou certo de que meus filhos não compreendiam a felicidade que eu buscava.

Mesmo assim, eu e Mieko continuávamos a viver juntos. Porém, Mieko sofreu um acidente e entrou em estado vegetativo. Não enxergava, não ouvia. Meus filhos se entristeceram, mas eu não sabia como ficar triste.

Ela ainda estava viva.

Quando terminei a minha expedição, fui direto para o quarto do hospital. Para mim, lar era onde estava Mieko, e nenhum outro lugar mais.

"Ouça bem, desta vez eu fiz uma descoberta simplesmente fantástica!"

Mesmo contando as minhas costumeiras histórias mirabolantes, não apenas ela não as compreendia, como a minha voz sequer chegava aos seus ouvidos.

Agora faz cerca de dois anos e meio desde que ela entrou em estado vegetativo.

"Não se pode descartar a possibilidade de recuperação, mas, considerando a idade, ela fisicamente vai durar, no máximo, um ano. Eu não tenho como afirmar se ela aguentará sequer meio ano", dissera o médico.

"Entendo. Obrigado, doutor."

Naquele momento eu experimentei, pela primeira vez na vida, o sentimento de "arrependimento".

Uma vez que eu sempre vivi verdadeiramente em função dos meus interesses, pensei que não havia nada que eu tivesse deixado inacabado. Porém, havia uma coisa. Eu precisava voltar ao passado e, antes de Mieko entrar em estado vegetativo, *dizer a ela algo que eu esquecera de lhe dizer.*

– Papai? Por que você está aqui?!

Despertei ao ouvir a voz estridente da minha filha.

Segurando a minha neta no colo, ela me observa da frente da caixa registradora. Olho ao redor, mas nada em relação ao café mudou, se comparado ao de antes de eu voltar ao passado. O interior tingido num tom sépia pela luz das luminárias. O ventilador de madeira girando lento no teto. E os três grandes relógios de pêndulo, cada qual indicando uma hora diferente.

Se a minha primogênita não estivesse com a minha neta no colo, certamente eu nem perceberia que voltara para um momento anterior a Mieko entrar em estado vegetativo. Antes de eu voltar ao passado, minha neta estava com seis anos.

No ano que vem, ela entrará na escola, mas agora, no colo da minha filha, ela tem dois ou três anos. Ou seja, eu devo ter voltado três ou quatro anos atrás.

Mas Mieko ainda não está aqui.

O café é pequeno. Mesmo a partir dos assentos mais ao fundo, não há pontos cegos. Atrás do balcão está somente a garçonete que me serviu o café.

– Papai? O que está fazendo aqui?

Desta vez, é a minha filha mais nova que exibe o rosto por detrás da irmã. Os quatro, ao que parece, estão chegando aos poucos no café.

– Hein?

Ao entrar, meu filho mostra o rosto, mas logo o retira.

– Mãe, olha só, você não vai acreditar. O papai está aqui – anuncia ele bem alto para a mãe que vem logo atrás.

Finalmente vejo minha família inteira reunida no Funiculì Funiculà.

– Ah, olá – diz Mieko ao me ver. Aproxima-se rapidamente e se senta na cadeira à minha frente.

– Olá, sejam bem-vindos – diz a garçonete, enquanto serve copos d'água a todos. Mieko pede um café, minha caçula e meu filho se sentam à mesa ao centro, e ambos vão de café gelado.

Apenas a minha primogênita não se senta, mantendo-se de pé ao lado da nossa mesa, com a nossa neta no colo.

— Vou querer uma limonada. Ah, você poderia esquentar um pouco de leite para o meu bebê? Vamos ficar no balcão — anuncia para a garçonete.

— Pois não — confirma a garçonete e, depois de um leve aceno de cabeça, segue para a cozinha.

— Você bem que poderia ter nos avisado que viria.

— Mas você não disse que estava indo para uma escavação na França?

— Mãe, você sabia que o papai viria pra cá?

Em meio às perguntas dos filhos, Mieko meneia negativamente a cabeça.

França? Ah, claro. Isso significa que deve ser três anos atrás, por volta de junho.

Vasculhando a minha memória, descubro mais ou menos em que dia estou. Mieko sofrerá o acidente e entrará em estado vegetativo daqui a seis meses, no final de dezembro, perto do Natal.

De acordo com o relato dos meus filhos, ela caminhava pela calçada quando um ciclista, checando o celular, a atropelou.

Com o impacto, ela caiu e bateu forte a cabeça, mas assim mesmo se levantou e voltou tranquilamente para casa, como se nada tivesse acontecido. Entretanto, bem em frente ao nosso prédio, ela desmaiou e tornou a cair.

Um vizinho chamou o serviço de emergência, e ela foi levada de ambulância. Nunca mais recobrou a consciência.

Foi realmente tão repentino...

Um estado vegetativo persistente é uma desordem da consciência devida à ocorrência de um dano na parte do cérebro responsável pelas funções de pensar, ver, ouvir e dar instruções, porém o hipotálamo e o tronco encefálico, que coordenam a respiração e outras funções vitais, ficam preservados.

A morte cerebral se constitui na perda completa das funções cerebrais, tornando-se impossível respirar sem uso de ventilação mecânica.

Mesmo com um ventilador, o limite de extensão da vida é de duas semanas.

Entretanto, dependendo da condição do paciente, há casos de o estado de coma perdurar por dois a cinco anos.

Há registros de que, no passado, uma mulher dos Emirados Árabes despertou de um coma profundo após vinte e sete anos.

O médico dela informou que, devido à idade, Mieko não deverá sobreviver muito tempo...

Sentada diante de mim, ela nem sonha que ficará numa condição como essa. Mesmo que eu a alerte para tomar cuidado com o acidente, não será possível mudar a realidade.

Estou ciente disso.

Mas, e se...

Nada neste mundo é absolutamente definitivo. Talvez possa ocorrer um erro na regra, e o momento do acidente de Mieko ser postergado? Impossível afirmar que algo assim não acontecerá. A possibilidade de mudança na data do acidente. Talvez para um ano, dois anos à frente. Ou, quem sabe, cinco ou dez anos. Talvez a realidade de que ela ficará em estado vegetativo não possa ser alterada. Porém, não haveria a possibilidade de mudar o momento em que isso ocorrerá?

Surgem na minha mente duas alternativas.

Acreditar na regra e dizer o que desejo a Mieko. Nesse caso, evitarei falar sobre o acidente para não causar uma ansiedade desnecessária a ela e aos nossos filhos.

Esse é o meu pensamento inicial.

Apostar na possibilidade de uma brecha na regra e contar tudo a Mieko, deixando-a, por via das dúvidas, informada sobre o acidente.

Se há alguma possibilidade, quero apostar numa postergação da data do acidente. Porém, as palavras da garçonete:

"*É impossível uma pessoa esquecer o que ouviu*" pesam muito dentro de mim. Se eu informar a eles sobre o acidente e o estado vegetativo, Mieko e os meus filhos terão de viver carregando essa informação como um pesado fardo. Minha cabeça parece girar dentro de um labirinto sem saída.

— Pai, esta não é a primeira vez que você está vendo a sua netinha?

— Isso seria péssimo, se for verdade.

— Mas em se tratando do nosso pai, é bem possível.

— Pode-se dizer o mesmo de você, maninha, uma vez que nem sequer se lembra se apresentou ou não a sua filha ao avô.

— Com certeza! Mas isso porque é raro o papai estar no Japão.

— É... tem razão.

— Você se lembra, quando era pequena, de ter pedido para o papai "Apareça de novo para nos visitar"?

— Quem disse isso foi o Takeo, não?

— Foi ele?

— Eu não falei nada disso não. Só perguntei "Quem é o senhor?" — meu filho se intromete na conversa.

— Então, fui eu que pedi "Apareça de novo para nos visitar"?... Não me lembro!

— Falando nisso, o seu segundo filho já nasceu, Takeo?

— Sim, no mês passado.

— Por que não o trouxe? Seria uma chance única para o papai poder conhecê-lo.

— Com certeza. Até teria trazido, se soubesse que ele viria.

— Por que não nos avisou? — Os olhos da minha primogênita se voltam na minha direção.

Eu ainda hesito se devo ou não lhes contar sobre o acidente. Pelo que conheço da minha esposa, ela certamente conseguirá aceitar com tranquilidade o fato. Ela é assim. Do contrário, não seria até hoje minha esposa. O problema são os meus filhos. Decerto ficarão extremamente confusos e perturbados.

Por isso, resolvo pregar uma mentira conveniente.

– Esqueci uns documentos importantes. Combinei de me encontrar aqui com o Kumada para pegá-los.

Ainda não é hora de chegar a uma conclusão. Preciso analisar um pouco mais a situação.

O meu lado cauteloso me alerta. E eu concordo com ele. Decido analisar com mais calma as circunstâncias.

Porém, inesperadamente, a minha filha sugere, referindo-se à minha mentira:

– Sabe, pai, mesmo que seja mentira, você, pelo menos, deveria dizer que está aqui para a cerimônia de comemoração do aniversário de casamento!

A história é incoerente. Foi repentina demais.

– Aniversário de casamento? De quem? – inclino a cabeça, em dúvida.

– Você só pode estar de gozação. Você veio sem saber?

– Está falando sério?

Minhas duas filhas me olham incrédulas.

– Quer dizer que não sabia que a mamãe vem todo ano a este café no dia do aniversário de casamento?

– Por que ela precisa vir todo ano a este café para celebrar o aniversário de casamento de alguém?

– Estou chocada – suspira profundamente a minha filha mais velha e se senta num banco ao balcão.

Mieko solta uma risadinha.

– Mãe, por que você não fica furiosa?

– Ora, isso é bem típico do seu pai.

– O quê? Dá é vontade de trucidar ele.

– Concordo.

Minhas filhas tomam a limonada e o café gelado de uma tacada e, furiosas, colocam seus copos sobre a mesa, provocando um grande ruído.

– Por isso estou perguntando de quem é o aniversário de casamento.

– Pra mim basta. Mãe, vamos embora.

– Se fosse meu marido, eu pediria o divórcio. Inacreditável.

Com os rostos vermelhos de raiva, minhas filhas desviam o olhar.

– Me expliquem, por favor. – Busco ajuda no meu filho.

Ainda hesito se devo falar ou não sobre o acidente e não tenho cabeça para pensar sobre coisas de que não me lembrava. Meu filho se levanta e, passando entre elas, faz sinal para que se acalmem.

– Pai, você deve ter esquecido, mas, uns vinte e poucos anos atrás, você veio a este café, não foi? Com a mamãe.

– Foi, uma única vez.

– Naquele dia… não era o aniversário de casamento de vocês dois?

– Naquele dia?

– Isso.

– Nosso aniversário de casamento? – Inclino a cabeça.

– Sim, pai, era o *seu* aniversário de casamento! – exclama a minha filha mais velha, com acidez.

– E por que a sua mãe precisa vir todo ano a este café?

– Melhor perguntar diretamente a ela!

O meu filho dá de ombros e as minhas filhas soltam um longo suspiro.

– Eu venho porque eu quero, só isso – retruca Mieko, sorrindo timidamente.

Não compreendo por que as pessoas dão tanta importância a um aniversário de casamento. Apenas Mieko entende o que sinto sobre o assunto. Meus filhos tentam me enquadrar nas normas sociais. Mas eu não consigo enxergar nenhum valor em tais normas.

– Ah…

A xícara nas minhas mãos está esfriando mais rápido do que eu imaginara.

Isso é uma coisa que eu não posso esquecer. Devo tomar todo o café antes que esfrie.

Tomo um gole.

Está morno.

Toda essa conversa sobre aniversário de casamento me fez perder a oportunidade de falar, mas preciso decidir o quanto antes se devo ou não informar a eles sobre o acidente.

– Ah!

De repente, a imagem da garçonete calmamente de pé atrás do balcão salta para dentro do meu campo de visão.

Por que eu não percebi isso antes?

Ergo o braço.

– Com licença. Eu gostaria de lhe perguntar uma coisa. Existe alguma possibilidade de ocorrer um fenômeno chamado paradoxo temporal em relação apenas ao *timing* de um evento futuro específico, evento este que seja do meu conhecimento?

Como o tempo é curto, quero perguntar apenas o ponto principal de forma concisa. Meus filhos não devem estar entendendo nada. Eles ainda não perceberam que eu vim do futuro.

Mas a garçonete que trabalha nesse café, sem dúvida, compreende o significado da minha pergunta.

– Não posso afirmar que essa possibilidade não existe – responde simplesmente.

Isso é suficiente para mim.

Finalmente tomo uma decisão.

– Desculpe sobre o nosso aniversário de casamento – peço.

– Não me lembrava dele. Naquele dia, por acaso eu estava com tempo, e como Mieko perguntou "Que tal irmos a algum lugar?", eu sugeri "Ok, vamos a um café", e ela apenas me trouxe até aqui. Sou um marido ingrato, incapaz de se lembrar até do nosso aniversário de casamento. Mieko, me perdoe. É isso.

Ao me verem fazer uma vênia, meus filhos se entreolham e abaixam o rosto, consternados. Talvez eles não imaginassem que eu fosse me culpar por tudo.

– Não tem problema! Eu sei que você nunca teve interesse em aniversários de casamento – replica Mieko, rindo.

Eu esperava por essa reação. Ela é esse tipo de mulher.

– Na realidade, eu vim do futuro com um objetivo.

– Quê?! – Meus filhos, que estavam cabisbaixos, levantam o rosto a um só tempo.

– Então, o rumor acerca deste café...

– É verdadeiro – confirmo, fazendo um gesto com a mão para interromper o meu filho. Se todos estivessem a par, a conversa seria fácil, mas não há tempo para explicações.

– Daqui a seis meses, Mieko sofrerá um acidente e ficará em estado vegetativo. Ela permanecerá assim por dois anos e meio – informo, apostando na possibilidade.

– Estado vegetativo?

– Isso mesmo – respondo sucintamente à pergunta de Mieko.

– Oh, meu Deus – sussurra ela, visivelmente surpresa, e abaixa os olhos.

– Você está mentindo, não?

– Que diabos você está falando? Brincadeira tem hora!

Minhas filhas me encaram com expressão de completa incredulidade.

Apenas o meu filho, que está pálido, permanece calado. Ele deve conhecer as regras do café. Inclusive a impossibilidade de se mudar o presente.

– Cabe a vocês acreditarem ou não.

– Basta! – O grito estridente da minha primogênita ecoa pelo café.

Assustada, minha neta, no seu colo, começa a chorar.

Porém, apesar do choro da criança, minha filha continua a berrar.

39

– Eu também conheço os rumores sobre este café. Nunca tive interesse em procurar saber se eram verdadeiros ou não, mas, ainda que sejam, que audácia a sua! Você compreende o que acabou de dizer para a mamãe? O que vai acontecer daqui a seis meses? Como pode revelar algo assim, sem sequer mudar de fisionomia? É monstruoso!

– Me ouça, por favor. O tempo é curto.

– Não quero saber! Você sempre foi assim. Só pensa em si mesmo. Não dá a mínima para os sentimentos da mamãe e os nossos! Estamos cansados de ser manipulados por você. Já chega. Por quê? Por que você é assim? Respeite, pelo menos, o sentimento da nossa mãe!

Depois de dizer tudo isso, a minha filha mais velha se senta pesadamente no banco ao balcão. Nos seus braços, a minha neta chora. Porém, ela não tem tempo para acalmar a criança.

Minha filha mais nova a pega no colo e me pergunta, com serenidade:

– Você está dizendo que não é possível evitar esse acidente com a mamãe?

– É inevitável – respondo brevemente.

– Então, para que você veio, afinal? Não acredito que tenha aparecido *apenas* para informar a mamãe do seu futuro desesperador.

– Bem, não…

– Então, acabe logo com isso e suma daqui. – Apesar de se mostrar mais serena do que a irmã mais velha, a raiva em relação ao que eu disse não desaparece.

Mesmo assim, no fundo, eu estou aliviado. A temperatura do café que estou sentindo nas mãos me informa que quase não há mais tempo.

– Tudo bem. – Não estou arrependido por ter informado a eles sobre o futuro.

No entanto, se eu voltar sem fazer nada, a minha vinda terá sido em vão. *Agora não é o momento para decidir se é bom ou ruim.*

Preciso agir para que as minhas palavras não tenham sido inúteis. Isso é o mais importante.

– Mieko.

– Sim.

– Até hoje, eu sempre vivi da forma que queria viver.

– Sim.

– Fiz tudo o que eu desejava, custasse o que custasse.

– Sim.

– Vivi sessenta e sete anos e acreditava não ter arrependimentos.

– Parece ter sido assim, não?

– Isso, até você entrar em estado vegetativo.

– Oh, Deus.

Mieko me olha como se estivesse vendo algo raro.

– Eu mesmo me surpreendi! Por você estar nesse estado, pela primeira vez me dei conta do arrependimento que sentia. Era um sentimento novo para mim. Mas não posso conversar com você no futuro. Por isso, eu vim. Há algo que eu quero lhe dizer.

– Tem algo para me dizer?

– Sim.

– Está bem. Estou ouvindo.

– Eu sempre fui muito feliz ao seu lado.

Eu estava arrependido demais por não ter dito antes essas palavras a Mieko. Mesmo podendo falar com ela no seu estado vegetativo, não era possível lhe transmitir isso.

– Por nunca ter dito isso a você, talvez não acredite em mim. Mas saiba que, graças a você, eu fui um homem feliz. Queria lhe dizer isso. Eu fui feliz. Obrigado. É só isso que eu desejava dizer.

Tendo terminado de falar, bebo todo o café de um só gole. É um pouco mais amargo do que aquele que estou acostumado a tomar. A acidez parece me despertar, enquanto um aroma sobe pelas narinas. Ao descer garganta abaixo, está quase frio. Com certeza, mais alguns segundos, e ele teria esfriado por completo.

Essa foi por pouco!

Deposito involuntariamente a xícara sobre a mesa e exalo longamente.

As minhas filhas me olham, estão perplexas. Seja como for, a expressão delas é a de quem tenta assimilar, como numa montanha-russa, os violentos altos e baixos de tudo o que eu disse.

– Sei que causei transtornos a vocês. – Quando percebo, a minha neta dorme prazerosamente nos braços da minha filha mais nova. – Mas encarem da seguinte forma. A mãe de vocês entrará em estado vegetativo daqui a seis meses. Por ser vítima de um acidente repentino, vocês não estarão preparados emocionalmente. Quando isso acontecer, será tarde para se arrepender, assim como ocorreu comigo, do que poderiam ter feito ou dito a ela. Não importa o que digam, pela regra não é possível mudar o destino da sua mãe. Contudo, o que aconteceu hoje ficará gravado na memória dela.

A cena ao redor começa a oscilar.

– Por isso, se vocês não quiserem se arrepender, durante esses seis meses tratem com o maior carinho do mundo a mãe de vocês. Mais do que têm feito até agora. É tudo que eu peço a vocês.

– Ok...

Quando eu penso ouvir a voz da minha filha mais nova, meu corpo instantaneamente se vaporiza. Começa a ascender na direção do teto.

– Papai! – grita minha primogênita.

Posso ver lágrimas brotando nos olhos dela.

Não sei se são de raiva ou de tristeza.

A cena ao redor espirala, fluindo para cima e para baixo.

Mais um pouco, e perderei a consciência.

Em meio a tudo isso, de repente, percebo que Mieko eleva o olhar na minha direção. Ela também chora.

— Mieko!

— Querido.

— Não direi adeus!

Ainda há a possibilidade de ocorrer um paradoxo temporal em relação ao *timing*. Só após regressar ao futuro poderei confirmar.

— Eu...

— Diga — peço.

— Eu também sempre fui muito feliz ao seu lado!

— De verdade?

— Sim. — Como de hábito, a voz de Mieko é meiga.

Voltando ao presente, Kadokura sai às pressas do café, sem nem mesmo comer o *oyakodon* preparado por Nagare.

Pega um táxi e vai direto até o hospital onde está Mieko.

A janela do quarto do hospital está aberta, e a brisa faz voltear a cortina de renda branca. Há uma foto dos filhos na mesinha ao lado do leito onde ela está deitada.

Kadokura entra no quarto em silêncio e, enquanto recupera o fôlego, pendura o casaco no cabide. Uma pétala de cerejeira, que estava presa nele, cai flutuando até o chão.

— O *timing* não mudou... — diz Kadokura, sentando-se ao lado da cama.

O peito de Mieko sobe e desce suavemente.

– Que estranho – diz ele, com voz trêmula. – Apesar de o meu arrependimento ter desaparecido, eu estou esperançoso e com uma grande expectativa de que você desperte!

Grossas lágrimas escorrem pelo rosto de Monji Kadokura. Por mais que as enxugue, elas não cessam.

A DESPEDIDA

— E o seu cachorro?

Sentada num banco ao balcão, Nana Kohtake franze o cenho e inclina a cabeça. Ela é enfermeira e trabalha no hospital geral das redondezas. Tornou-se uma rotina diária ir ao café após o trabalho.

— Ah, sim, o Apolo — diz Mutsuo Hikita, tirando os óculos molhados pela chuva e respondendo a pergunta de Kohtake.

Mutsuo tem 37 anos. Usa cabelos cortados à escovinha e barba. Veste camisa polo e bermuda, e carrega uma mochila às costas. Está parado na entrada do café, encharcado.

— Está chovendo? A previsão para hoje era de tempo firme.

Nagare Tokita sai do cômodo dos fundos, segurando uma toalha, que entrega a Mutsuo.

— Obrigado — agradece Mutsuo com um leve gesto de cabeça.

— Você o traz de vez em quando ao café, né? É um golden retriever, se não estou enganado.

— Ah, isso. Era ele mesmo.

— Aconteceu alguma coisa com ele? — pergunta Nagare.

A fisionomia de Mutsuo se anuvia.

– Morreu. Na semana passada. De velhice. Tinha 13 anos.

– Sinto muito. Nem sei o que dizer...

– Está tudo bem. Ele viveu bastante e, no final, deve ter partido sem sofrer – explica Mutsuo, enxugando a cabeça.

– Deve? – Kohtake inclina a cabeça, em dúvida.

– Ah, sim. Nos momentos finais, a minha esposa... – Mutsuo fica sem palavras. Após uma pausa, finalmente respira fundo com determinação e ergue o rosto. – O Apolo era o nosso pet, e, durante 13 anos, a sua existência foi realmente muito valiosa para nós como casal. Apesar do tratamento para infertilidade que a minha esposa fez, nós não conseguimos ter filhos e...

– Mas, em termos de idade canina, 13 anos correspondem a uns 90 de um ser humano, não? Até que ele viveu muito para um cão grandalhão como um golden retriever, não acha? – consola Kohtake, olhando o rosto abatido de Mutsuo.

– Sim. Por isso, eu e a minha esposa estávamos conformados. Alguns dias antes da morte, passamos a nos revezar nos cuidados dele, e não o deixávamos sozinho um minuto sequer. Isso não era um incômodo para nós. Queríamos ficar junto dele, mesmo que apenas mais um dia. Desejávamos que ele vivesse mais, nem que fosse somente um segundo a mais. Era apenas esse o nosso sentimento.

Enquanto presta atenção no que Mutsuo está contando, Nagare olha para o porta-retrato ao lado da caixa registradora. É a foto de uma Kei Tokita sorridente.

– Entendo o que você está sentindo – sussurra Nagare com o semblante inalterado, como se estivesse falando consigo mesmo.

– No final, do nada, a temperatura do Apolo passou a cair, e, algumas vezes, chegava até a sofrer espasmos. Por isso a minha esposa ficava direto ao lado dele, praticamente sem dormir. E justamente por causa disso...

— Ah, não… — Kohtake e Nagare se entreolham.

— Sim. Aconteceu quando a minha esposa estava sozinha com ele. Quando ela acordou, o Apolo já estava gelado.

— Mas… essas coisas… acontecem.

— Eu sei. São inevitáveis. Também disse isso para ela. Porém, ela se culpa por ter adormecido justo nos instantes derradeiros, sem ter podido se despedir dele.

— Quer dizer, então, que é a *sua esposa* quem deseja voltar ao passado?

— Bem, não exatamente. — Mutsuo meneia negativamente a cabeça. — Ela não sabe que neste café é possível viajar no tempo.

— Então, o que você está querendo dizer?

— Se ela pudesse voltar ao passado e ver mais uma vez o Apolo, talvez ela se sentisse melhor…

— Entendi — assente Kohtake de leve, sorvendo o restinho do seu café gelado. — É *você* que deseja que ela faça a viagem.

Nagare ouve a conversa de braços cruzados.

— Você conhece as regras para voltar ao passado? — pergunta a Mutsuo.

— Sim, de ouvir falar. E também pela matéria nesta revista.

— Revista?

Apesar do cenho franzido de incredulidade de Kohtake, Mutsuo tira da mochila o exemplar de uma revista e lhe entrega.

— O que é isso?

— Não conhece?

Kohtake balança a cabeça enquanto folheia a revista. Ainda com ela nas mãos de Kohtake, Mutsuo vira algumas páginas e mostra a matéria.

— Aqui, leia.

— *A verdade sobre a famosa lenda urbana do café da viagem no tempo.* Que diabos é isso?

Kohtake olha surpresa para Nagare.

– Certa vez, esse pessoal me entrevistou. Mandaram um jornalista aqui. Quantos anos faz? Deixa eu ver... a Kazu estava no colegial, então já deve ter uns sete ou oito anos.

Kohtake volta a olhar a revista.

– "O nome do café é Funiculì Funiculà. Ele se tornou famoso, a ponto de diariamente longas filas se formarem na frente do estabelecimento devido à lenda urbana de que nele se pode viajar no tempo..."

Kohtake lê em voz alta o início da matéria, e o restante só para si.

– É inacreditável que você guarde um exemplar tão antigo dessa revista – diz Nagare, enquanto coloca num saco os grãos de café pedidos por Mutsuo.

– Encontrei num sebo. Tem até uma lista das regras – completa Mutsuo, com o rosto sorridente de orgulho.

São cinco as regras mencionadas na matéria da revista.

1. *Você só pode encontrar no passado pessoas que já estiveram no café.*

2. *Você não pode fazer nada no passado para mudar o presente.*

3. *A cadeira que permite voltar ao passado está ocupada por um fantasma.*

4. *No passado, você precisa ficar sentado no mesmo lugar e não sair dele em nenhum momento.*

5. *Há um limite de tempo.*

– No final, diz que não se sabe se é possível de fato viajar no tempo no café. Isso é difamação! – exclama Kohtake, irritada, bufando enquanto segura no alto a revista.

– O número de clientes nunca variou muito – afirma Nagare, coçando a cabeça. – Pronto, aqui estão os seus grãos de café. São 1.200 ienes. – Nagare entrega a Mutsuo o saco com os grãos e bate o valor nas teclas da caixa registradora.

– Ah... Obrigado por isso – agradece Mutsuo e, devolvendo a toalha dobrada a Nagare, efetua o pagamento.

– Seja como for, não há problema caso a sua esposa deseje voltar ao passado, mas não recomendo se essa não for a vontade *dela*... Se ela acredita ou não é indiferente: para voltar ao passado, ela obrigatoriamente terá que seguir as regras. Não consta nessa revista, mas, ao voltar ao passado, é preciso tomar todo o café servido antes que ele esfrie. Caso contrário, a sua esposa irá virar um fantasma e continuará sentada naquela cadeira.

– Q-quê? – Mutsuo olha para a mulher de vestido branco.

– Sobretudo para uma pessoa muito saudosa como a sua esposa, uma segunda despedida será ainda mais dolorosa do que a primeira, quanto maior foi o amor dedicado a alguém ou a um animal de estimação. Por isso, mesmo ciente de que deverá tomar o café, ela poderá acabar se deixando levar pelas emoções e, quando perceber, o café já esfriou e será tarde demais.

"Quanto maior foi o amor dedicado...". Mutsuo está apreensivo com as palavras de Nagare. *Sunao considerava o Apolo um verdadeiro filho...*

– Seja como for, converse com calma com ela – completa Kohtake gentilmente.

– Claro. Foi ótimo ouvir isso. – Mutsuo pega os grãos de café, faz uma reverência e dá meia-volta.

– Ah, espere – chama Nagare. – Acho que ainda está chovendo lá fora... – Ele vai ao cômodo dos fundos e volta com um guarda-chuva, que entrega a Mutsuo.

– Obrigado.

– Imagina.

Mutsuo agradece várias vezes com a cabeça, antes de deixar o café.

DING-DONG

— Se pensar bem, é uma regra cruel, não acha? — sussurra Kohtake depois de Mutsuo partir.

— Hã?

— Se todas as pessoas pudessem refazer algo, não haveria arrependimentos, remorsos... Olhe o caso da esposa dele. Ela jamais poderia imaginar que o seu adorado cão daria o último suspiro enquanto ela dormia. Deve ser extremamente doloroso para ela pensar como e por que dormiu, sabendo que foi um adeus eterno.

Kohtake não está culpando as regras do café. Ela só não suporta pensar na dor que a esposa de Mutsuo sentiu por não ter podido estar com o seu querido animal de estimação simplesmente porque dormira.

— Seria ótimo se fosse possível mudar o presente, não?

— Realmente seria.

— Por que é preciso ficar sentado no mesmo lugar e não sair dele? Que mal faria em se deslocar dentro do café, desde que a pessoa não saísse do salão?

— Eu sempre pensei como você.

— Não é? Além disso, por que café? Não pode ser chá?

— Hum. Sabe, nesse caso, eu prefiro que seja café...

— Eu imaginava. — Kohtake solta uma gargalhada. — Bom, está na minha hora. Posso pegar também um guarda-chuva emprestado?

— Ah, sim, com certeza.

Deixando Kohtake em frente à caixa registradora, Nagare vai ao cômodo dos fundos pegar mais um guarda-chuva.

Sozinha, Kohtake deposita as moedas da conta do café na bandeja ao lado da caixa registradora. — Não se pode fazer nada no passado para mudar o presente... Que regra cruel — balbucia.

Nagare volta e lhe entrega o guarda-chuva.

— Até a próxima — despede-se Kohtake, saindo o café.

Decorridos alguns dias, a estação das chuvas chega ao fim. Desde tempos antigos, costuma-se dizer que as trovoadas marcam o final dessa estação, mas esse não é um padrão bem definido. O fim das monções de verão é anunciado quando o sistema de nuvens de chuva que cobre as proximidades do Japão desaparece, e o tempo nublado e as chuvas caudalosas dão lugar a dias ensolarados e quentes. Mas como não há um padrão bem definido, mesmo após declarado o fim das monções de verão, o sistema de nuvens de chuva pode voltar.

Alguns dias depois de Mutsuo visitar o café, foi declarado o fim das chuvas. A temperatura à tarde ultrapassou os 30 graus e o verão começou de fato e pra valer.

Sob esse céu sem nuvens, uma mulher está de pé à frente do café, segurando um guarda-chuva. Seu nome é Sunao Hikita. A esposa de Mutsuo.

Ela observa por um tempo a placa na frente do estabelecimento. *Aqui é o café onde se pode voltar ao passado, como Mutsuo comentou.*

Só há uma entrada – através de um arco de tijolos. Uma escada iluminada por várias luminárias de parede conduz ao subsolo.

Eu ainda tenho dúvidas, mas...

Sunao inspira com determinação e começa a descer lentamente. Está mais fresco do que o sol escaldante, mas como a brisa deixou de bater, gotas de suor brotam da testa. Ela para diante da grande porta de madeira, no segundo lance de escada.

Se for verdade, verei o Apolo de novo.

Sunao abre a porta.

51

DING-DONG

Ao entrar, diante dos seus olhos se estende um diminuto espaço semelhante a uma passagem. Ao contrário da sensação de abafamento sentida na escada, ali faz frio.

N-nossa, que frio.

Talvez porque esteja suando, os braços expostos tremem. Ela avança muito lentamente. Nota uma entrada bem no meio da passagem. Na porta ao final dessa passagem está pendurada uma plaquinha onde se lê "banheiro".

Sunao vai direto para dentro do café. O salão está mal iluminado e é menor do que imaginara. Três mesas com dois assentos cada e três bancos ao balcão. Está mais para um bar do que um café.

– Olá, bem-vinda – uma voz se faz ouvir de repente de trás do balcão. É Kazu Tokita. Sua voz é miúda, quase um sussurro.

Quê?

Quando estava na universidade, Sunao tinha feito trabalhos temporários no setor de alimentação, e por isso se surpreende com um atendimento ao cliente tão desmotivado.

Será que eles não aceitam novos clientes?

Mas a dúvida logo se dissipa ao olhar ao redor e ver, na cadeira mais próxima a ela, um homem de meia-idade e, ao fundo, uma mulher trajando um vestido branco.

– Pode ser no balcão? – Kazu se dirige mais uma vez a Sunao, com voz sussurrante.

– Ah, não, só vim devolver o guarda-chuva que o meu marido pegou emprestado.

Eu não devia ter dito isso. Sunao lamenta ter se enrolado na resposta. Sem dúvida, tinha ido devolver o guarda-chuva, mas o motivo que a levara até lá não era apenas aquele.

Voltar ao passado para encontrar o Apolo uma última vez.

Na realidade, tinha sido para isso que ela fora até lá. Contudo, em algum lugar no seu coração, não estava certa

52

sobre poder voltar ao passado. Sunao tinha dúvidas sobre tal possibilidade. Relutava em falar a respeito. Essa hesitação acabara sendo expressa nas palavras "só vim devolver o guarda--chuva".

– Ah... ok. – Kazu interrompe sua tarefa e sai de trás do balcão sem pôr em dúvida as palavras de Sunao. – Você veio só para isso? Obrigada. – Kazu faz uma leve reverência, recebe das mãos de Sunao o guarda-chuva e se dirige para o cômodo dos fundos.

– De nada.

Com isso, Sunao conclui o que fora fazer. Todavia, não consegue ir embora. Seu verdadeiro objetivo é outro.

O que devo fazer? Acabei dizendo que só vim devolver o guarda--chuva. Devo desistir hoje? Voltar um outro dia...

Pouco depois, Kazu reaparece. Ela retorna para trás do balcão e recomeça sua tarefa de enrolar garfos e colheres em guardanapos de papel.

A garçonete finge não olhar para mim, mas com certeza deve estar se perguntando por que não vou embora... O que devo fazer? Seria melhor eu revelar diretamente que desejo voltar ao passado? Se ela disser "Não sei do que você está falando", o que que eu faço?... Se isso acontecer, de tão envergonhada eu não voltarei mais aqui... Ah, eu deveria ter lido com mais atenção a revista que Mutsuo me entregou... Ele não sabe que eu vim. O que devo fazer?

A transpiração de antes desapareceu por completo e ela sente frio. Ao levantar de repente o rosto, seu olhar encontra o de Kazu, que interrompeu sua tarefa e olha para ela.

– Deseja algo mais? – pergunta.

– Hã? – Sunao se faz de desentendida, mas no fundo está aliviada.

Não importa o que seja, ela quer uma oportunidade para falar.

– Desculpe, bem, se não for incômodo, poderia me ver um copo d'água?

– Um copo d'água?

– Sim, sabe, hoje está quente lá fora e a minha garganta está tão seca...

– Claro.

Novamente, sem duvidar das palavras de Sunao, Kazu verte água num copo e o coloca sobre o balcão.

– Pronto, aqui está.

– Obrigada.

Sunao se aproxima com vagar do balcão e pega o copo. Mesmo sem gelo, a água está bem gelada. Quando a põe na boca, sente um leve aroma de limão. É refrescante e agradável de beber. Embora, na verdade, não esteja com sede, toma toda a água de um gole só.

De repente, o homem sentado à mesa próxima à entrada se levanta. Ele dobra a revista que estava aberta sobre a mesa, coloca-a debaixo do braço e, de pé diante da caixa registradora, estende a sua comanda.

– Por favor, quanto deu?

– São 380 ienes – responde Kazu, recebendo a comanda e batendo ruidosamente nas teclas da caixa registradora.

O homem tira uma moeda de 500 ienes da carteira e a entrega a Kazu.

Enquanto ela bate no teclado da caixa registradora, ele olha fixamente para a mulher de vestido branco.

– Seu troco.

O homem guarda na carteira o troco recebido de Kazu e sai calado.

DING-DONG

No interior do café restam apenas Sunao, Kazu e a mulher de vestido branco. Do ponto de vista de Kazu, Sunao parece ser uma cliente misteriosa, pois disse que veio só devolver o guarda-chuva, mas pediu um copo d'água e até agora não fez menção de ir embora. Não, talvez nem se possa chamá-la de cliente, porque, no final das contas, não fez pedido algum.

Apesar disso, Kazu evita dizer algo. Mesmo que Sunao fique horas ali, Kazu certamente apenas continuará, imperturbável, fazendo seu trabalho.

Ela é o tipo de pessoa que não coloca o nariz onde não é chamada. Sunao sente isso ao ver Kazu.

— Desculpe, pensando bem, poderia me trazer um suco de laranja?

— É pra já — responde Kazu, sem alterar a fisionomia. Como esperado, não diz algo deselegante, como "Mas, há pouco, você não falou que veio apenas devolver o guarda-chuva?", e isso tampouco transparece na sua atitude.

Ela preenche de imediato a comanda e vai para a cozinha. Observando-a, Sunao pensa:

Vou me abrir com ela.

Treze anos atrás.

— Olha só, ganhei um cachorrinho. — Sem ter me consultado, Mutsuo, todo alegre, me informa enquanto espia o filhote dentro da caixa de transporte.

— Mas você nem me consultou.

— Não, não consultei.

Fico irritada com o jeito de Mutsuo retrucar.

— É proibido ter cães neste prédio.

— O apartamento do meu pai está vazio. A gente pode se mudar para lá.

O apartamento ficava localizado num condomínio em Jimbocho. Mutsuo havia morado lá com o pai até nos casarmos. Mas o pai falecera de repente. Infarto do miocárdio. Como os pais dele haviam se divorciado quando ele era pequeno, ele era filho único e o financiamento do apartamento estava totalmente quitado, então não havia nenhum empecilho para nos mudarmos para lá.

— Você vai ficar mesmo com ele?

— Você não gosta de cachorro?

— Não é isso — respondi, mas, na verdade, eu não gostava mesmo. Não tinha jeito para lidar com cães. Não só cães: eu achava que dava muito trabalho criar qualquer animal. Pets são um transtorno. — Não é fácil criar um cachorro. É preciso levar pra passear todo dia, dar comida, vacinar... Você sabe que a expectativa de vida deles é curta, não?

— Dá-se um jeito, eu garanto. — Dizendo isso, Mutsuo tirou o filhote da caixa transportadora e o abraçou. Era um macho, da raça golden retriever.

Foi assim que o Apolo entrou na minha vida. Algo me surpreendeu quando começamos a criá-lo: descobri que cães também eram dotados de sentimentos.

Claro que eu nunca achei que eles fossem totalmente destituídos de emoções, mas, quando a gente cria um de verdade, percebe logo que os sentimentos deles são praticamente idênticos aos nossos. Raiva, alegria, tristeza, prazer. Se ralhamos com eles, se deprimem; se os elogiamos, se alegram.

O que mais me surpreendeu foi quando eu comecei a chorar, assistindo ao capítulo de uma novela. O Apolo se aproximou devagarinho e ficou observando o meu rosto. Os olhos dele pareciam dizer, *Por que você está chorando? Está tudo bem? Olha, qualquer coisa conte comigo, viu?*

Ele não precisava falar para eu entender o que estava dizendo. Lambia carinhosamente as minhas lágrimas, como se soubesse o significado delas. Foi quando, pela primeira vez, senti que ele tinha *me fisgado*. Uma comunicação sem palavras. Dizem que os olhos são mais eloquentes que a língua, e, naquele momento, senti o quanto isso era verdadeiro.

O Apolo também era propenso a se sentir solitário e detestava ser deixado sozinho. Mesmo quando eu ia apenas jogar o lixo fora, ele me implorava, *Não me abandone!* Nessas horas, a sua graciosidade me cativava. Era como se eu lidasse com um bebê inocente. Ele demandava a minha presença de corpo e alma, e como eu e Mutsuo não tínhamos filhos, passei a amá-lo profundamente. Eu sentia que ele me chamava de "mamãe". A certa altura, comecei a chamar a mim mesma de mamãe e a Mutsuo de papai.

Depois de consultar Mutsuo, decidi mudar para um trabalho que eu pudesse executar em casa. Graças ao apartamento deixado pelo pai, a renda do meu marido era suficiente para termos uma vida tranquila, contanto que não fizéssemos extravagâncias. Mutsuo, claro, concordou prontamente. Assim, a minha vida passou a girar em torno do Apolo.

A partir de determinado momento, o Apolo começou a compreender mais do que as palavras que pronunciávamos. Por exemplo, a palavra "não". Embora transmita uma ordem para mandar parar de fazer algo, o Apolo conseguia discernir se estávamos falando sério ou só brincando. Eu diria mesmo que ele captava o nosso estado de espírito e sentimentos.

"Apolo, não! Pare já!" Numa mesma situação e com as mesmas palavras, quando eu o mandava parar seriamente, porque estava de mau humor, ele interrompia de imediato. Ao contrário, se eu própria ria vendo o Apolo fazer algo ou estava me divertindo, ele não parava por nada deste mundo.

— Quem você acha que está errado, Apolo? Mamãe ou papai?

Papai.

— Quer tomar um banho de banheira?

Detesto o cheiro das bolhas de sabão.

— Me deixa dormir só mais cinco minutinhos.

Nada disso, vamos, levanta logo e me leva pra passear.

— Vamos sair!

Eba, ganhei o dia!
– Até amanhã.
Ok. Até amanhã.

Chegando a dez anos de convivência, ao me ouvir dizer "até amanhã", ele logo dormia e ressonava. Devido à idade, cansava-se facilmente. Dez anos na vida de um cão equivalem a cerca de 70 anos na vida de um humano. Desde essa época, o Apolo, sem dúvida, parecia me considerar sua filha. Quando eu dava por mim, não era eu quem estava cuidando dele, mas ele de mim. Essa se tornara a relação entre nós.

Eu estava agradecida por termos o Apolo na nossa vida. Devia ser porque eu e Mutsuo não pudéramos ter filhos. Até fizemos tratamento para infertilidade. No entanto, fomos incapazes de conceber um bebê.

Isso não significa que perdemos as esperanças. Contudo, sem o Apolo a nossa vida seria realmente triste. Talvez até a relação com Mutsuo, que adora crianças, tivesse se deteriorado. O Apolo nos mantinha unidos.

Kazu volta da cozinha e para em frente a Sunao.
– Aqui está.
– Desculpe, eu...

Justo quando Kazu está prestes a colocar o suco de laranja sobre o balcão, Sunao começa a falar. Ela julga ser aquela a melhor oportunidade para confessar o que deseja. Sente que, se apenas agradecesse, tudo terminaria sem que conseguisse falar.

– Diga – replica Kazu calmamente. A voz é límpida. As pupilas de Kazu parecem que vão sugar a mulher.

Ao encará-la, Sunao tem a estranha sensação de que aqueles olhos dizem tudo que precisa ser dito.

– Na realidade... o meu esposo me contou... que neste café... é possível viajar no tempo – diz Sunao numa voz sussurrante, com pausas entre as palavras, como se estivesse falando para si mesma.

Kazu ouve em silêncio, sem se manifestar.

– Quero voltar ao passado. Por isso vim até aqui.

Sunao conta então sobre Apolo. Sobre o arrependimento por ter dormido nos últimos momentos do golden retriever. Sobre como o marido a incentivou a voltar ao passado. E sobre como ele lhe explicou as regras.

– Mas estou insegura. Segundo o meu marido, mesmo voltando ao passado, eu não posso sair do café. É verdade?

– Sim, é isso mesmo. A rigor, para voltar ao passado, você se senta numa determinada cadeira e não pode se afastar dela. Não pode se levantar ou mesmo elevar os quadris – explica Kazu com naturalidade.

– Ou seja, mesmo eu voltando ao passado, no final das contas, não poderei estar ao lado do Apolo, cuidando dele nos momentos finais.

– Não, não poderá – aquiesce Kazu, sem subterfúgios.

Quando Sunao fizera a mesma pergunta ao marido, este, tendo em mente o choque que seria para a esposa, tentara suavizar a resposta: "É possível que sim. Talvez haja alguma regra especial que eu apenas desconheça."

Mutsuo não o fizera por mal. Apenas era incapaz de simplesmente dizer "Não, não poderá", assim como fizera Kazu, pois levou em conta o temperamento de Sunao, o longo relacionamento dos dois e o entrosamento do casal, e como isso afetaria sua recomendação de que ela voltasse ao passado.

Mutsuo foi apenas guiado pelo desejo muito humano de preservar o fio de esperança que Sunao havia alimentado, mesmo com uma mentira óbvia sobre existir uma regra especial, e não havia nada de certo ou errado nisso. Era uma mentira necessária ao relacionamento dos dois como casal. Até aquele momento, Sunao fora salva em diversas situações pela prudência de Mutsuo. Esse tipo de prudência se mostrava fundamental ao relacionamento. Porém, a coisa mudava de figura na relação com Kazu. Sunao não desejava que a garçonete tivesse com ela esse mesmo tipo de cuidado.

Ela viera deliberadamente ao café buscando conhecer os fatos. Se Kazu tivesse respondido da mesma forma que Mutsuo, haveria uma névoa pairando constantemente sobre os sentimentos de Sunao.

– É mesmo, é? Era o que eu desejava ouvir.

Sunao tira o celular da bolsa a tiracolo e mostra uma foto do Apolo. Nela, o cão parece sorrir abraçado por ela e por Mutsuo.

– Enquanto estava neste mundo, o Apolo se empenhou para viver em função de mim e do meu esposo. Ele nos proporcionou inúmeros momentos de felicidade. Por isso, não passa pela minha cabeça desejar voltar ao passado para tentar estender o tempo de vida dele. Desde o momento em que decidimos criá-lo, estávamos cientes de que a expectativa de vida seria curta e que um dia teríamos que nos despedir dele...

Lágrimas escorrem pelo rosto de Sunao.

– Meu arrependimento é por não ter podido cuidar do Apolo no seu momento derradeiro. Não ter podido me despedir dele...

O gelo ressoa no suco de laranja.

No salão do café, sem nenhuma música de fundo, apenas os três grandes relógios de pêndulo fazem tique-taque.

Sunao não consegue dizer mais nada. Com o celular na mão, os ombros não param de tremer.

Kazu permanece calada, apenas contemplando o suco de laranja diante da cliente.

Plaft.

Nesse momento, o som de um livro sendo fechado ressoa às costas de Sunao. Ela se vira e vê a mulher de vestido branco se levantar silenciosamente.

Pensando bem, eu não sou a única cliente aqui.

Ela enxuga as lágrimas às pressas e se curva para pegar o suco de laranja.

Vou beber e ir embora. Imaginava que, mesmo voltando ao passado, eu não poderia estar junto do Apolo no seu momento final. Pelo menos agora eu tive essa certeza. Foi bom ter esclarecido esse ponto. O jeito é desistir de tudo.

A mulher de vestido branco passa, silenciosa, por trás de Sunao e entra no banheiro.

Bem, vou embora.

Sunao deixa cerca de um terço do suco de laranja intocado no copo e está prestes a se levantar.

Nesse momento, Kazu, que está pegando a xícara da mulher de vestido branco, avisa se dirigindo a ela:

— A cadeira está desocupada. Não quer se sentar?

— Como?

Sem compreender o que diz Kazu, Sunao fica parada por um instante, com apenas um pé sobre o assoalho.

— Se você quer voltar ao passado, precisa se sentar nesta cadeira.

— Mas eu ainda não disse que quero voltar ao passado…

— Claro, voltar ou não ao passado é uma decisão pessoal — Kazu se limita a dizer, limpa a mesa com um pano e vai para a cozinha.

Realmente, Kazu não mandou Sunao se sentar. Apenas perguntou se ela não queria fazê-lo.

Falando nisso…

Sunao se lembra de quando Mutsuo comentou com ela sobre as regras.

"Um fantasma?"

"Isso. De acordo com a matéria da revista, tem sempre um fantasma sentado na cadeira que permite viajar ao passado."

"Só pode ser lorota, não?"

"Bem, pelo menos é assim que está escrito! Além disso, só é possível se sentar na tal cadeira durante o tempo em que o tal fantasma está no banheiro."

"Entendi. Mas por que eu deveria me sentar? Como disse há pouco, se não puder me deslocar, de que adianta voltar ao passado?"

"Você poderia ver o Apolo uma última vez."

"Talvez você tenha razão, mas..."

"Acho que deveria encontrá-lo."

"Por que pensa assim?"

"Do contrário, você vai viver eternamente arrependida. O próprio Apolo não deseja isso! Você deve encontrá-lo e falar para ele tudo o que está sentindo."

"Isso não seria apenas para a nossa conveniência?"

"Mas se eu fosse o Apolo gostaria de ouvir o que você tem a dizer. Ele certamente aprovaria."

"Você está imaginando coisas."

"Eu sei, mas... mesmo assim..."

Sunao desce do banco ao balcão e para em frente à cadeira onde a mulher de vestido branco estava sentada.

Queria muito ter estado ao lado dele.

A vida é mesmo uma caixinha de surpresas. Todos os arrependimentos provêm de acontecimentos instantâneos que ninguém espera. Quando as nossas ações acabam provocando resultados dolorosos, sofremos grandes remorsos, pois é impossível voltar atrás e recomeçar do zero.

Eu adormeci. Como o Apolo odiava ser deixado sozinho num cômodo, eu desejava poder ter ficado com ele até o final.

Eu o deixei morrer sozinho. Dormi, e ele deve ter se sentido muito só, muito triste. Deve ter ficado decepcionado ao me ver dormindo no instante em que deu o último suspiro.

Sofro só de pensar. Sou incapaz de me perdoar. Mesmo que eu volte ao passado, provavelmente só poderei pedir desculpas a ele.

Não poderei obter o seu perdão. Não tenho sequer o direito de lhe dizer adeus. Mesmo assim...

Sunao se mantém cabisbaixa; os ombros tremem bastante. As lágrimas pingam no chão.

Mesmo assim, desejo ver o Apolo uma vez mais. Quero olhar o rostinho dele. Sou egoísta. Eu sei disso. Mesmo assim, quero me encontrar de novo com ele.

– Você vai se sentar? – pergunta Kazu, atrás dela.

Sunao se vira e, com os olhos vermelhos, pede a Kazu:

– Por favor. Faça com que eu volte ao passado, quando o Apolo estava vivo.

– Tudo bem.

Mais uma vez, Kazu não questiona o motivo de Sunao ter afirmado desejar voltar ao passado. Quando Sunao se senta, ela vai para a cozinha e volta carregando uma bandeja com um bule prateado e uma xícara branca.

– Você conhece as regras, correto?

– Sim. Ah, sobre o limite de tempo, desconheço qual seria especificamente a duração.

Enquanto explica, Kazu coloca a xícara branca sobre um pires em frente a Sunao.

A xícara ainda está vazia.

– Agora eu vou lhe servir o café. A viagem no tempo durará do momento em que eu servir o seu café até ele esfriar.

– Até ele esfriar por completo?

– Sim.

Sunao pondera, enquanto encara a xícara vazia. Ela nunca medira o tempo que um café demora para esfriar.

Dez minutos? Quinze minutos? Não, decerto bem menos.

Sunao está confusa em relação a um limite de tempo tão vago. Porém, como se previsse essa sua dúvida, Kazu pega na bandeja um pequeno palito metálico semelhante àqueles usados para mexer drinques e o deposita na xícara.

– O que é isso?

– Colocando este utensílio na xícara, um alarme soará antes que o café esfrie. Assim que você o ouvir, tome todo o café.

– Bastará tomar o café todinho quando soar, correto?

– Sim.

– Entendi. – Sunao fecha os olhos por um instante. Sentindo-se tensa, sua respiração se torna curta e superficial, e o coração acelera.

– Posso continuar?

– Só mais uma pergunta.

– Claro.

– Realmente não se pode fazer nada no passado para mudar o presente?

– Isso mesmo. É impossível mudá-lo – responde Kazu de imediato.

É a resposta que Sunao esperava.

Por exemplo, mesmo que Sunao tivesse pedido a Mutsuo para ficar junto dela naquele momento, a fim de impedir que ela caísse no sono, Sunao acabaria dormindo sem que o marido pudesse praticar qualquer ação que mudasse a realidade. Sunao sabia disso, mas queria confirmar.

– Entendi. Por favor, me sirva o café.

– Vamos lá.

Kazu ergue o bule prateado.

– Antes que o café esfrie – sussurra.

Kazu inclina o bule em direção à xícara, num gesto conciso e gracioso. O café escorre silenciosamente do bico estreito. Como um fio preto. Finalmente, a xícara fica cheia até a borda. De repente, Sunao sente o corpo ondular e se distorcer como vapor, espiralando, mas estranhamente não tem medo.

Vou poder me encontrar com o Apolo.

Em seguida, esse pensamento preenche o seu coração. Quando, de súbito, sente o corpo ficar leve, ela é completamente envolvida pela sensação de estar sendo tragada para cima. Vê a cena ao seu redor fluir de cima para baixo. É exatamente como se a vista do interior do café fosse reproduzida ao contrário, num vídeo sendo retrocedido.

Eu e o meu esposo não pudemos ter filhos. No nosso sétimo ano de casados, o resultado dos exames apontou que algo na minha fisiologia dificultaria uma gravidez. Na época, o Apolo tinha cinco anos.

Mutsuo, apaixonado por crianças, insistia que não havia motivo para pressa, uma vez que tínhamos o nosso querido golden, e assim começamos lentamente a tentar engravidar. Acredito que tenha sido nessa época. Durante um passeio começou a chover, e como o Apolo ficou todo sujo de lama, eu decidi dar um banho nele.

— Anda, Apolo, vai. Vai tomar seu banho — diz Mutsuo.
— Apolo, a mamãe está chamando.
— Como é que é?
— O que houve? Que cara de espanto é essa?
— Você acabou de dizer *mamãe*?
— Disse. Algum problema? Você não gostou?
— Não é que eu não tenha gostado.
— Ainda bem. Eu fiquei receoso de como você reagiria quando eu me referisse assim a você.
— Faz tempo que você andava com isso na cabeça?
— Nem tanto, mas estava esperando o momento adequado.
— Sendo assim... você é o *papai*?

— Bem, acho que sim. — Mutsuo coça a cabeça, encabulado.

— De qualquer forma, obrigada.

— Ã-hã.

— De verdade, obrigada.

Eu estava meio deprimida desde que soubera dos resultados dos exames no hospital.

É minha culpa não podermos ter filhos.

Eu sabia que Mutsuo adorava crianças. Por isso, tinha sido tão doloroso tomar conhecimento de que seria bem difícil engravidar.

Se ele não tivesse se casado comigo...

Mutsuo me salvara dessa condição, no instante em que nós dois e o Apolo nos tornamos uma família. Apesar disso, eu tinha deixado o Apolo morrer sozinho.

Desculpa, Apolo. Você nunca perdoará a sua mamãe, não é?

— *Au, au.*

Desperto com o saudoso latido do Apolo. Ao abrir os olhos, a pessoa de pé atrás do balcão não é a garçonete que me serviu o café há pouco, mas um homenzarrão vestindo um uniforme de cozinheiro, de braços cruzados como o guardião de um templo.

— *Au, au, au.*

— Apolo. Não! Pare de latir!

Posso ouvir Apolo e Mutsuo do outro lado da porta de entrada. O homem vestido com uniforme de cozinheiro sai de trás do balcão, abaixa respeitosamente a cabeça para mim e se dirige a passos barulhentos para a entrada.

— Apolo, que menino mau. Calma, quietinho.

– Tudo bem. Não tem problema.

– Me desculpe, sinceramente.

– *Au, au.*

– Em geral, ele não costuma latir desse jeito.

– *Au, au.*

Ainda não vejo os dois. Pelo latido do Apolo, sinto que é cerca de um ano atrás. Por mais que as articulações dele já estivessem muito enfraquecidas, na época ainda era possível levá-lo para passear. Mutsuo me contou que, vez ou outra durante esses passeios, ele dava uma paradinha no Funiculì Funiculà para comprar grãos de café.

"Apolo…", penso em chamá-lo bem alto, mas só sai uma voz fina, como se eu estivesse falando para mim mesma.

– *Au, au.*

Mesmo assim, do outro lado da porta, Apolo late como que reagindo ao meu chamado.

– Apolo!

De tão alegre, dessa vez eu grito o nome dele a plenos pulmões.

– Quê? É a mamãe? – Ouço a voz de Mutsuo em seguida.

– *Au, au, au.*

Mutsuo entra, puxado pelo Apolo que não para de latir.

– Apolo. Espere. Não! – Mutsuo segura o Apolo, que faz menção de sair correndo. Nessa época, ele estava com 12 anos. Já não saltitava de excitação, mas abanava bastante o rabo, enquanto puxava Mutsuo com força.

– Ah, não se preocupe! Agora aquela senhora é a única cliente – declara o homem de uniforme de cozinheiro por trás de Mutsuo, olhando-me como se me perguntasse:

Você veio do futuro ver alguém, não é?

Confirmo com um leve aceno de cabeça.

– De… Desculpe. – Mutsuo faz uma vênia e, continuando a ser puxado pelo Apolo, vem até diante do meu assento.

– *Au, au.*

Ao chegar aonde estou, Apolo se senta e inclina a cabeça para frente, enquanto resfolega com a língua de fora. Era o que ele fazia, todo manhoso, quando queria um carinho.

Com a mão trêmula, acaricio lentamente a cabeça dele. O calor transmitido para a palma da minha mão é bem diferente daquele Apolo frio após o último suspiro. Ele estava vivo. Eu nunca poderia imaginar que sentiria de novo o seu calor. Então, ele se estira aos meus pés como se estivesse satisfeito por eu o ter acariciado.

Parece estar exausto apenas por ter puxado Mutsuo até aqui. Enquanto a minha atenção está voltada para o Apolo, Mutsuo se senta na cadeira oposta.

– O que houve? Por que você está aqui? – Mutsuo me encara.

– Ficou surpreso?

– Evidente! Você disse que iria visitar os seus pais e não poderia nos acompanhar no passeio.

– Sério? Eu disse isso?

– Como assim?

– Ah, deixa pra lá... Estou pensando aqui com os meus botões.

– Não entendi nada, mas tudo bem. É... pode segurar isso um pouco?

Mutsuo me entrega a guia do Apolo, levanta-se da cadeira e vai em direção ao homem com uniforme de cozinheiro. Logo após trocarem olhares cúmplices, Mutsuo abaixa a cabeça num gesto de autopunição.

– E então? Que história é essa? – pergunta Mutsuo, retornando ao assento e mantendo o olhar no Apolo.

– O que você está querendo dizer?

– Você voltou com que finalidade?

– Hã?

– Ora, vamos lá. Eu sei que você veio do futuro.

Mutsuo está roubando meu tempo com o Apolo, o que faz uma pergunta que deveria ser importante parecer sem sentido.

– Ah, tá.

Mutsuo é assim mesmo. Quando quer se fingir de desentendido fica tergiversando.

Foi assim quando soubemos que era eu a causa de nós não podermos ter filhos, e ele aceitou o fato quebrando a tensão com um simples "Ok, sem problema", como se respondesse a eu ter anunciado "Desculpe, mas hoje vamos ter curry de novo no jantar."

Foi assim também quando me chamou pela primeira vez de "mamãe": usou um tom casual, apesar de, na verdade, ter ponderado muito, e com antecedência.

Também agora, ele finge estar confuso para que a conversa flua mais fácil em seguida. Pensando bem, eu fui salva inúmeras vezes pelo meu marido.

E agora ele está me ajudando. Isso porque estou em dúvida se devo ou não contar a ele que vim do futuro. E talvez ele saiba a razão de eu ter vindo. Por isso, só preciso dizer "O Apolo…".

Mutsuo compreende tudo, sem que eu precise pronunciar nem sequer mais uma palavra.

– Ah, estou entendendo – sussurra entristecido, olhando para o nosso cão.

Nessa época, falar sobre a idade do Apolo era um tabu entre nós. Quantos anos mais ele duraria?

Só de pensar meus olhos se enchem de lágrimas.

– Ele sofreu nos momentos finais?

Com a pergunta repentina de Mutsuo, o meu coração aperta tanto que parece prestes a explodir. Isso porque não posso responder, afinal eu havia adormecido. As lágrimas transbordam. Um sentimento estranho, um misto de culpa e vergonha. O remorso me corrói. Mas não é justo para com

Mutsuo. Eu não posso mentir para ele. Preciso ser sincera. Em algum momento, ele acabará sabendo.

– Sabe... Eu não pude cuidar do Apolo no instante derradeiro – confesso sinceramente, com a voz embargada.

Aconteça o que acontecer, por mais que eu reflita sobre o meu erro, será impossível mudar o passado.

– Naquele dia, você estava fora trabalhando. Era só eu em casa. Dei água para ele numa seringa e depois comi alguma coisa.

Minha voz está tremendo. Até então, eu nunca havia narrado com tantos detalhes o que acontecera naquele dia. No futuro, só pude dizer a Mutsuo: "Ele morreu porque eu adormeci."

Mutsuo não poupou palavras procurando me consolar, mas eu praticamente não me lembro de nenhuma delas.

– Eu havia preparado um bom espaço para me deitar, de forma que eu ficasse sempre ao lado do Apolo.

– Hum.

– Fazíamos revezamento para que sempre um de nós estivesse acordado cuidando dele, lembra?

Mutsuo apenas ouve em silêncio, aquiescendo.

– Apesar disso, como naquele dia ele bebera a água com gosto, abrira os olhos e sorrira para mim, coisas que não aconteciam fazia tempo, eu me deitei de lado abraçada a ele, feliz por sentir o calor e a respiração dele.

– Continue.

– "Ele ainda está vivo. Ainda está tudo bem." Pensando assim, tentei me levantar, mas eu estava sonhando. Quando percebi, tinha ficado duas horas deitada ao lado do Apolo...

Involuntariamente, fecho os meus olhos com força.

Não posso expressar em palavras o que estou sentindo. As lágrimas escorrem pelas minhas faces e pingam do meu queixo.

– Me perdoe, Mutsuo. Não foi culpa sua, mas eu acabei descontando em você.

– Rá, rá, rá. Você fez isso comigo no futuro?

– Sim, acho que sim.

– Você sofreu bastante, não?

– E como!

– Mas está tudo bem. Sunao, você não tem culpa de nada. O Apolo, com certeza, estava feliz! Afinal, até o fim você o estava abraçando. Estou errado, Apolo?

– *Au, au.*

– Viu só? Ele concorda comigo.

Minhas lágrimas não cessam. De novo estou sendo salva pelas palavras de Mutsuo. Apolo vem roçar a cabeça mais uma vez em mim. É o que costuma fazer quando quer receber um elogio ou quando está feliz. Eu o abraço com todas as minhas forças.

Dou um beijo nele e, continuando sentada, acaricio todo o seu corpo até onde a minha mão pode alcançar.

Bip-bip, bip-bip, bip-bip…

O alarme soa.

Eu me esquecera por completo de que precisava tomar todo o café antes que esfriasse. Até Mutsuo, que não sabe sobre o alarme, entende o significado.

– Está na hora?

– Sim.

– Então, beba.

– Ok.

Seguindo o que ele disse, tomo todo o café. Não posso mudar no passado o fato de ter adormecido. No entanto, foi ótimo ter viajado no tempo. Pude encontrar Mutsuo e rever o Apolo.

Enquanto penso dessa forma, o meu corpo começa a tremer do mesmo jeito de quando eu vim. Minhas mãos continuam fazendo carinho na cabeça do Apolo.

– Você sabia? – diz Mutsuo subitamente, estendendo a mão sobre a minha, enquanto acaricio a cabeça do Apolo.

– O quê?

– O Apolo sempre espera você se deitar para só depois ir dormir.

– Como é que é?

Por um instante, eu não compreendo o que Mutsuo está dizendo.

– Espera. O que você está querendo dizer?

– Como você poderia saber? Afinal, nessa hora já está dormindo.

– Eu sempre esperava o Apolo dormir.

Só então eu ia dormir. Depois de dizer "durma bem" para ele, o Apolo ia para a caminha dele e ressonava como se estivesse dormindo.

Depois de confirmar que ele estava dormindo, aí sim, eu ia me deitar. Essa era a nossa rotina diária.

– Aí é que você se engana.

– Como assim?

– Depois de você se deitar, o Apolo sempre se levanta e vai até onde você está, para confirmar que *você* está dormindo, e só volta a dormir depois disso.

– É mesmo?

– Só depois de você adormecer é que ele vai dormir.

– Você não está brincando, está?

– Lembra de quando você chorava sozinha de madrugada?

– Ah...

Meu aniversário de 33 anos. A segunda fertilização *in vitro* falhara e eu decidira desistir do tratamento. Tínhamos o Apolo. Mesmo pensando assim, por alguma razão eu me entristecia e por vezes chorava sozinha de madrugada.

Lembro-me de que, nessas horas, o Apolo sempre ficava do meu lado.

— Deve ter sido desde aquela época. O Apolo finge que está dormindo, só esperando você se deitar. Então, depois de confirmar que você adormeceu, aí sim ele vai dormir, não sem antes lamber o seu rosto.

— Não acredito.

— Por isso é que você não deve se sentir culpada por tê-lo abandonado no leito de morte.

— Espere...

— O Apolo estava apenas aguardando você adormecer!

— Eu...

— Depois de confirmar que você dormiu, ele ficou aliviado e pôde... adormecer.

Eu praticamente não me lembro do que houve depois. Abracei o Apolo com toda a força, aos prantos, e agradeci a ele até ficar com a voz rouca. Mas há algo de que eu me lembro vagamente. Ele lambia delicadamente o meu rosto enquanto latia. "*Au, au.*"

— Saia já daí!

Quando Sunao dá por si, Mutsuo e Apolo desapareceram, e a mulher de vestido branco está diante dela com uma fisionomia aterrorizante.

— M-me desculpe. — Sunao se apressa a se levantar da cadeira, cedendo-a para a mulher de vestido branco. Dá alguns passos titubeantes porque as lágrimas possivelmente a impedem de ver claramente o salão.

— Como você está?

De repente, Sunao ouve uma voz atrás dela. É Kazu.

Com os olhos vermelhos, Sunao esquadrinha ao redor do café. Ainda não pode acreditar que voltou ao presente.

Apolo?

Kazu pega a xícara usada por Sunao e se dirige à cozinha. A mulher de vestido branco começa a ler silenciosamente o seu livro como se nada tivesse acontecido.

O que se reflete nos olhos de Sunao são somente os três grandes relógios de pêndulo com horas discrepantes, o ventilador de madeira girando bem lentamente no teto e a mulher de vestido branco. No café sem janelas, não se sente sequer o escoar do tempo.

Será que tudo não passou de um sonho?

Não há sinal do Apolo, que até havia pouco estava ao seu lado.

Porém, ele tinha estado ali. Ele, que, com certeza, morrera. Sunao ainda sente o calor do amigo na mão.

E na bochecha...

Pouco depois, Kazu volta trazendo um café para a mulher de vestido branco.

— O que aconteceu, afinal? — pergunta Sunao.

— Como assim?

— O presente não mudou em nada, correto?

— Exatamente.

— O passado tampouco.

— Isso, também não mudou.

— Contudo, a sensação é de que regressei para uma vida totalmente diferente. Por que isso acontece? — Sunao pressiona Kazu com um olhar suplicante.

— Não faço ideia — responde ela simplesmente, com a fisionomia impassível.

— Tudo bem.

Ainda perplexa, Sunao paga a conta e deixa o café. O sol começa a se pôr, a cidade se tinge de laranja. Sombras longas se estendem.

O que aconteceu comigo, afinal?, pensa Sunao enquanto caminha para casa.

Carreguei durante tanto tempo o arrependimento do passado... Eu não tinha onde expurgá-lo e achava que nada poderia me salvar. Apesar disso, agora estou envolvida por uma estranha sensação. Se eu colocar esse sentimento em palavras, ele é...

Gratidão.

Eis a única palavra capaz de descrevê-lo. Há algo que desejo dizer a Mutsuo tão logo eu chegue em casa.

Com certeza, ele vai rir de mim, dizendo "Você está me contando o que eu lhe falei no passado, certo?"

Não me importo. E é algo que quero dizer também ao Apolo. Até agora eu só conseguia lhe pedir "Perdão". Mas não era isso o que ele esperava de mim.

Certamente esperava que eu não chorasse, mas que passasse a viver me sentindo bem comigo mesma. Por isso, quando eu voltar, vou dizer a *ambos* o seguinte:

Obrigada...

PEDIDO DE CASAMENTO

Ela estava convicta de que ele a pediria em casamento.

Desde que fora convidada a ir ao café, Hikari Ishimori ficara com um mau pressentimento.

Não acredito que ele esteja realmente pensando em fazer o pedido aqui.

Uma espelunca, que a fazia duvidar da sanidade dele. Num subsolo. Sem janelas. Um interior cafona, de mau gosto, mal iluminado pelas poucas luminárias penduradas no teto.

Que diabos!

Olhando bem, havia três grandes relógios de pêndulo estendendo-se quase do chão até o teto, todos mostrando horas completamente discrepantes. Verificando o próprio relógio, apenas o do meio exibia a hora certa.

Nunca mais porei os pés aqui.

Essas haviam sido as primeiras impressões de Hikari ao visitar o Funiculì Funiculà. *O momento e o local são os piores possíveis para um pedido de casamento.*

Hikari suspirara fundo.

Conhecera Yoji Sakita dois anos antes, numa sessão de *escape room*, um game de resolução de enigmas. Nesses games, os participantes são trancados num local específico, de onde tentam fugir, solucionando um número determinado de charadas num tempo delimitado. Eles são obrigados a formar equipes de seis pessoas. Hikari participava com mais duas amigas e formara uma equipe com um grupo de três rapazes, no qual estava Yoji. Ele gostava desse tipo de jogo e contara a ela que, nos fins de semana, costumava ir, mesmo sozinho, a tais eventos.

Um nerd quatro-olhos. Fora essa a sua primeira impressão de Yoji. Certamente, na escola primária, o apelido dele era "nerd".

Com essa imagem em mente, Hikari se segurava para não rir toda vez que Yoji ajeitava os óculos para cima do nariz.

Um laço de amizade se criara entre os seis, graças ao game, e eles passaram a sair juntos com frequência para se divertir.

Seis meses depois, embora Hikari achasse que o relacionamento do grupo continuava o mesmo de sempre, ela descobrira, para seu desânimo, que dois casais tinham se formado.

Assim, haviam restado ela e Yoji, que começaram a namorar sob a pressão dos demais. O pedido de casamento de Yoji naquele café aconteceria na véspera do terceiro Natal desde que haviam se conhecido.

— Eu queria esperar mais um pouco antes de falarmos em casamento.

As palavras de Hikari foram pronunciadas justo quando Yoji mostrava o estojo com a aliança. Eles já namoravam havia um ano. Ocasionalmente, ela percebia, pelos atos e palavras de Yoji, a intenção de se casar. Logo, sabia que esse dia não tardaria.

— Não me interprete mal. Não é que eu não queira me casar.

Mas, no fundo, ela apenas receava lhe dizer: *Não sei se você é a pessoa certa.*

Hikari temia magoá-lo. Yoji era o namorado perfeito. Naquela época, ela estava ainda mais entusiasmada do que ele com os games que os haviam unido. E, como ele era funcionário público, não havia motivos para ficar apreensiva com relação à renda de Yoji.

Contudo, ela se sentia relutante ao cogitar se casar. Sua inquietação não tinha tanta relação com o futuro.

Talvez apareça alguém mais adequado do que Yoji pretendendo se casar comigo.

Havia em Hikari essa vaga expectativa. Ela não se sentia segura de que não se arrependeria, caso viesse a se casar. Tinha só 28 anos. Mesmo deixando passar essa oportunidade, com certeza ainda haveria outras.

Suas amigas tinham se casado aos 24 ou 25 anos, mas agora estavam divorciadas, uma após a outra.

Por isso, talvez estivesse cética em relação à própria instituição do casamento. Viver sozinha não lhe causava nenhum inconveniente. Portanto, não brotava nela o sentimento de querer se casar a qualquer preço.

Que diferença faz continuarmos como estamos agora?

Percebera que o coração esfriava sutilmente cada vez que ouvia Yoji tocar no assunto casamento. Não porque ela não gostasse dele. Mas tudo tem o seu momento certo. E agora não era o momento certo.

Agora…

– Meu trabalho finalmente ficou interessante…

Não era mentira. Hikari mudara de emprego um ano antes e começara a atuar como cerimonialista.

Antes, ela havia trabalhado numa empresa de grande porte, mas pedira as contas devido ao assédio do chefe. Na empresa atual, os horários de trabalho eram mais irregulares e nem sempre conseguia tirar folga nos fins de semana. Sem contar que o salário era baixo. Porém, dera sorte de ter um ótimo chefe e o trabalho ser gratificante.

Ainda que fosse trabalho, muitas vezes ela se comovia ao ver os noivos felizes à sua frente.

Não me sinto confiante de que seria tão feliz se me casasse agora com Yoji.

Portanto, não conseguia bater o martelo e não sabia como expressar em palavras tal sentimento. Embora estivesse ciente do próprio temperamento, inflexível e problemático, ela não queria sentir a estranha sensação de desconforto, caso se casasse.

— Me perdoe por estar sendo tão egoísta.

Hikari dissera apenas isso e baixara o olhar. Apesar de o café dentro da xícara já ter esfriado, ele não reduzira um milímetro sequer.

— Entendi. De fato a culpa é minha, coloquei o carro na frente dos bois.

Hikari sentira uma dor no coração ao vislumbrar o sorriso amargurado no rosto de Yoji. Ela o fazia sofrer com o seu egoísmo. Mas não podia enganar a si mesma. Se mentisse e se casasse, não acreditava que teria como fazer Yoji feliz.

— Eu vou esperar! Decidi que eu vou esperar até que o seu sentimento mude – declarara Yoji e bebera de um só gole todo o café frio.

— Isso foi no ano passado – diz Hikari, concluindo o relato do episódio que ocorrera naquele café com Yoji.

Ela também procurou falar sinceramente, à medida que se recordava, sobre seu sentimento à época.

São três as pessoas que estão ouvindo caladas a história contada por Hikari: Nagare Tokita, o proprietário do café, a garçonete Kazu Tokita, e Fumiko Kiyokawa, cliente habitual sentada ao balcão.

Também está presente mais uma pessoa, uma mulher lendo silenciosamente um livro, sentada na cadeira mais ao fundo do salão. Ela usa um vestido branco de mangas curtas, mas não parece sentir frio, apesar de ser inverno. Demonstrando desinteresse pelo relato de Hikari, ela não desvia nem uma vez os olhos do livro.

– O que aconteceu? Como ficou o relacionamento de vocês? – Ao contrário da mulher de vestido branco, Fumiko, que está ouvindo o relato com grande interesse, interveio.

– Ele me largou. Seis meses atrás.

– Ele largou você? Mas ele não prometeu esperar?

– Sim.

– Qual foi o motivo?

– Declarou que estava gostando de outra pessoa e…

– Que palhaçada é essa? – Desapontada, Fumiko se inclina para trás. – Querida, esqueça. Se o cara não conseguiu esperar nem meio ano, o melhor a fazer é partir pra outra! Quer saber, você acertou na mosca ao decidir não se casar com o indivíduo! Justamente por isso que ele fez, não há necessidade de você voltar ao passado!

– Quê?!

Hikari se espanta com a conclusão tendenciosa de Fumiko, a quem acabara de conhecer por acaso no café.

Alguém me ajude! Hikari lança um olhar suplicante a Nagare e Kazu atrás do balcão, mas Nagare grunhe apenas um "hum", franzindo o cenho, sem descruzar os braços.

Kazu continua concentrada, enxugando alguns copos com o rosto inexpressivo, como se não estivesse sequer ouvindo a conversa.

Quem são essas pessoas?

Hikari não acredita seriamente que seja possível voltar ao passado. Mesmo assim, se essa possibilidade existe, ela pensa em não deixá-la passar. Realmente, nem Nagare nem Kazu lhe disseram algo como "Nós só a deixaremos voltar ao passado se você nos der uma boa razão para isso".

Quem havia perguntado "O que aconteceu?" tinha sido Fumiko. Por tê-la conhecido ali, Hikari não imaginava por que ela queria saber. Talvez estivesse falando em nome dos outros dois. A própria Hikari interpretou por conta própria que, se não revelasse o motivo, eles não a deixariam viajar no tempo.

Por isso, entende também que está errada em se irritar com os dois por não dizerem nada. Mais do que tudo, está envergonhada.

Ela havia exposto sua vida pessoal, se irritara e se sentira patética, tudo em vão.

Que raios estou fazendo aqui?

Hikari começa a se arrepender de ter visitado o café. Nesse momento, ouve uma voz, como se alguém falasse para si própria.

— É possível voltar. — Ao erguer os olhos, atrás do balcão, Kazu interrompeu sua tarefa e a observa.

— Sério?

— Sim.

Pensando bem, desde que chegara ao café, além do "Seja bem-vinda" de Kazu e do "Hum" de Nagare, Hikari conversara somente com Fumiko. Então, aproxima-se de Kazu, inclinando-se sobre o balcão como se quisesse se atirar sobre ela e, finalmente, toca no ponto principal.

— Então, me mandem pro passado. Para aquele dia, um ano atrás, conforme acabei de contar. Por favor!

— Mesmo sendo inútil voltar lá? — dispara Fumiko de novo.

Desta vez, Hikari não se dá por vencida.

— Inútil?! Por que você está tão certa disso? É impossível saber se eu não voltar e tentar recomeçar, não acha?

Fumiko arregala bem os olhos ao perceber tamanha carga emocional nas palavras de Hikari e diz:

— Me perdoe. Eu não me expliquei corretamente — desculpa-se, exibindo uma expressão pesarosa.

Vendo a fisionomia de Fumiko, Hikari se arrepende de ter se exaltado. Contudo, Fumiko não arreda pé.

— Talvez você não saiba, né? Você pode voltar ao passado. Porém, mesmo voltando no tempo, por mais que você faça... não poderá mudar o presente.

— Quê?

A explicação de Fumiko não é a resposta que Hikari buscava. Afinal, ela precisava voltar ao passado para mudar o presente. Caso contrário, por que o faria?

— Como assim? O que você está dizendo?

— Que mesmo que você volte ao passado para aceitar o pedido dele ou, ao contrário, partir de *você* o pedido, a realidade de que ele terminou porque está apaixonado por outra mulher não vai mudar.

— Por isso mesmo estou perguntando o porquê de não mudar! — exclama Hikari, num tom mais ríspido do que antes.

— Porque essa é a regra — retruca Kazu friamente.

— Regra?

— Sim. É possível voltar ao passado. Porém, há algumas regras a serem obrigatoriamente seguidas.

Kazu fala num tom tranquilo, mas a palavra "obrigatoriamente" não deixa margem para qualquer objeção. Vendo o olhar frio de Kazu, Hikari sente que, mesmo que a pressione, será como tentar mover uma parede. Pressente ser inútil, por mais que tente com afinco. Apesar disso, ainda não está convencida. Tenta reagir.

— Mas eu posso pedi-lo em casamento, não?

— Pode sim.

— Sendo assim...

— Mas não poderão se casar.

A alegria de Hikari é passageira.

— Então... e se agendarmos o salão de festas, não estará tudo resolvido?

— Mesmo fazendo o agendamento, na data haverá algum problema e a cerimônia será cancelada. E, mesmo que tentem registrar o casamento no cartório, não vão conseguir de jeito nenhum.

A mente de Hikari está confusa.

Se o passado muda, logo o presente também muda.

Ela acredita que essa seja uma ideia universalmente aceita, mas tal percepção acaba de ser derrubada.

— Você só pode estar brincando.

Vamos, diga que é brincadeira.

— Não estou brincando.

— Por que existe essa regra?

— Nós também não sabemos. Porém, é uma regra absoluta. Por causa dela, você não conseguirá de jeito nenhum se casar com ele. E ele vai anunciar o rompimento com você porque há uma outra pessoa que ele ama. Nesse meio-tempo, não haverá avanços ou retrocessos no relacionamento entre vocês dois. Por outro lado, se você tentar romper antes disso, não conseguirá.

— Isso deve ser algum tipo de pegadinha, não?

Hikari se deixa cair sem forças sobre o assento à mesa central.

Eu jamais poderia imaginar que houvesse uma regra tão irritante.

Hikari ficara sabendo, por intermédio de um e-mail de Yoji, que no café era possível viajar no tempo. Ela o recebera um belo dia, do nada, alguns meses após se separarem.

Sobre o café onde eu fiz o pedido de casamento.
Há um rumor de que nele é possível voltar ao passado.

Sem uma saudação sequer. *Que esquisito*. Hikari sentira o corpo tremer com a mensagem de apenas duas linhas. Não era normal alguém que se separara porque se apaixonara por outra pessoa enviar um e-mail de significado tão enigmático.

Hikari nem respondera, simplesmente ignorara a mensagem depois de lê-la. Contudo, alguns dias depois, recebera a notícia do falecimento de Yoji. Hikari sentira um estranho desconforto com a série de eventos. Essa sensação não era nova para ela. Era como a faísca que se sente em certos momentos dentro de um *escape room*. Aparentemente, vários enigmas não relacionados entre si se interligavam e conduziam a uma resposta. Era essa mesma sensação.

Pedido de casamento.

Traição.

E, por fim... e-mail recebido após o término.

Falecimento repentino.

Guiada por essas palavras, Hikari decidira visitar o café, acreditando na sua intuição. Ela esperava poder mudar o presente, caso fosse possível voltar ao passado. Porém, logo vira a sua esperança ser esplendidamente frustrada.

– Parece ter sido um grande choque para você saber que não se pode mudar o presente, não? – sussurra Fumiko, olhando para Hikari, que continua com o olhar voltado para o teto em estado de total atordoamento.

– É uma reação normal – replica Nagare.

– Sim, com certeza. – Na realidade, certa vez, Fumiko também voltara ao passado. Para encontrar o namorado que havia partido para os Estados Unidos. Na época, ela também ignorava totalmente as regras do café. Basicamente, elas são cinco:

1. *Você só pode encontrar no passado pessoas que já estiveram no café.*

2. *Nada que você fizer no passado mudará o presente.*

3. *A cadeira que permite voltar ao passado, e há somente uma, tem uma cliente sentada.*

4. *Enquanto estiver no passado, você não poderá sair da cadeira.*

5. *Há um limite de tempo.*

Assim como Hikari, Fumiko também desistira, a princípio, de voltar ao passado, ao saber que não era possível mudar o presente. Entretanto, mesmo ciente disso, acabara decidindo fazê-lo para reclamar com o namorado que, à revelia, tinha ido embora. Ela não conseguiria impedi-lo de ir, mas poderia, antes de voltar ao presente, ouvir os reais sentimentos dele.

– A propósito, como ele está lá nos Estados Unidos? – Nagare pergunta a Fumiko, sentada ao balcão.

Ela sorve o pouco que resta do seu café, sem responder de imediato. Então...

– Hum, bem, imagino que deva estar tudo certo com ele – responde, demonstrando indiferença.

– Vocês não têm mantido contato?

Fumiko novamente não responde de imediato, acariciando com o dedo indicador a borda da xícara. Mesmo Hikari, que ouve ao lado, percebe, pela atitude de Fumiko, que ela e o namorado provavelmente perderam contato.

– Bom, o fato de não mandar notícias já é um sinal de que deve estar bem. – Nagare pega calmamente a xícara de Fumiko e vai até a cozinha providenciar um refil.

– É, imagino que sim – murmura ela, como que para si mesma, depois de Nagare sair.

Eu não suporto essa mulher.

Hikari percebe que, por algum motivo, se sente irritada com Fumiko.

Ela não está zangada pela maneira arrogante de Fumiko ter dito, aparentando conhecimento de causa, que, mesmo voltando ao passado, é impossível mudar o presente, apesar de terem se visto pela primeira vez e Fumiko nem ser funcionária do café.

Hikari compreende, pelos fragmentos de informação que ouviu, que a moça não se comunica com o namorado por pura teimosia... ou por orgulho.

Ela bem que ficou amuada assim que o tópico da conversa passou a ser o namorado.

As emoções humanas podem ser compreendidas mesmo uma pessoa não falando muito. Por expressões faciais e gestos. Logo se vê que Fumiko procura agora esconder o seu real sentimento ao se manter cabisbaixa e ficar mordendo o lábio inferior.

Sem dúvida, está frustrada. Não só devido à falta de notícias do namorado, mas também por não conseguir transmitir a ele o que sente.

Quem ela pensa que é?

De aparência equilibrada, seu belo rosto de traços distintos exala um ar de forte competitividade e elevado orgulho. Por isso, decerto decidira não contatar o namorado até que *ele* o fizesse.

Que idiota.

Bastaria uma mensagem para tudo se resolver. Apesar de ela ter um parceiro com quem podia se comunicar, apegava-se a uma teimosia fútil. Hikari percebe estar sentindo ciúmes de Fumiko. É essa a razão da irritação.

Ela não só é linda, como tem um namorado. Tem tudo que me falta.

Nenhum homem se sentiria mal recebendo uma declaração de amor de Fumiko. Hikari sente ciúmes da boa figura dela. Se ela se separasse do namorado que está nos Estados Unidos, num piscar de olhos poderia se relacionar com outro homem. Nenhum a deixaria sozinha. Há poucas mulheres nesse mundo que podem se dar ao luxo de ficar mal-humoradas por uma falta de contato.

Como os deuses são injustos. Eles não me concederam tal vantagem. Apesar disso, acabei postergando uma resposta ao pedido de casamento de Yoji. Dos companheiros de escape room, restamos apenas nós dois, e eu me deixei levar pelo desenrolar da situação, e ela simplesmente me levou junto. O meu erro foi achar que Yoji me escolhera não pela minha aparência, mas sim pelo que eu sou por dentro. Achei errado. Eu estava esquecendo que, no final das contas, os homens escolhem as mulheres com base no que veem.

"Eu vou esperar."

Hikari acreditara nessas palavras. Realmente acreditara. Porém, quando Yoji lhe anunciara: "Estou gostando de uma outra pessoa", ela ficara com a sensação de uma certa falta de consideração da parte dele.

Não, eu também tive culpa por tê-lo feito esperar. Mesmo assim, não posso deixar de pensar que se ao menos eu fosse mais bonita...

Pálpebras inchadas, nariz miúdo, lábios finos. Um rosto vulgar, desprovido de qualquer traço marcante. Sem a elegância do rosto de Fumiko.

Se, pelo menos, eu tivesse olhos, nariz e lábios como os dela, talvez Yoji não ficasse tentado a arranjar uma nova namorada.

Fumiko possui, e com perfeição, tudo o que Hikari deseja. Esse é o motivo de ela estar zangada.

Ciúme horrendo.

Ela sabe disso. Sabe que não deve se comparar. Contudo, ao se lembrar do rosto de Yoji quando ele lhe contara que havia arranjado uma nova namorada, não consegue impedir que brote nela o arrependimento.

E se naquele dia eu tivesse aceitado o pedido? Decerto não estaria sentindo esse ciúme horrendo.

Mas agora era tarde. Nunca mais poderia ver Yoji.

– Na realidade...

Hikari ergue o rosto e se dirige a Fumiko, que acabou de receber de Nagare o refil. Fumiko está prestes a beber o café recém-coado, sem perceber de imediato que Hikari se dirigiu a ela.

– Ah, desculpe. Você estava falando comigo?

Fumiko devolve a xícara ao pires e se vira na direção de Hikari.

– Meu namorado...

– Hum?

– Ele morreu. Depois de rompermos.

– Quê?

Fumiko arregala os olhos com a súbita confissão de Hikari. Ela e Nagare, posicionado atrás do balcão, se entreolham.

– Ele tinha uma doença cardíaca. Eu sabia que, às vezes, ele precisava ir ao hospital.

Hikari continua a falar como para si mesma, observando indistintamente o açucareiro sobre a mesa.

– Quando conversamos sobre a separação, eu não poderia imaginar que ele iria morrer. Ah, eu também fiquei irritada por ele não ter se importado com a minha demora em me casar.

Todavia...

Uma dúvida persiste no fundo do seu coração.

Será que ele sabia que iria morrer devido à doença e rompeu o relacionamento comigo de propósito, mentindo deliberadamente ao dizer que tinha arranjado uma nova namorada?

Hikari suspira ao imaginar isso.

É impossível...

Esse pensamento lhe é muito conveniente. Está envergonhada de colocá-lo em palavras.

Mas, e se fosse verdade?

Todas as emoções dos seis meses desde a separação virariam do avesso.

Como devo reagir?

Percebendo os olhares de Nagare e Fumiko, ela balança de leve a cabeça.

Seja como for, não há nada que eu possa fazer sobre isso agora. Nada vai mudar. Se o presente não pode ser mudado, de nada adianta voltar ao passado.

Hikari não ousa colocar em palavras a sua frustração.

– Se fosse possível voltar ao passado, pelo menos eu poderia ajudá-lo, aconselhando-o a buscar tratamento antes que fosse tarde demais. Imaginei que, se pudesse ajudá-lo, não precisaríamos nos separar – sussurra desanimada.

Realmente era impossível trazer de volta o tempo transcorrido. Se isso fosse possível, este café seria ainda mais famoso. Ficaria lotado de fregueses desejosos de corrigir erros do passado. Contudo, olhando ao redor do salão mal iluminado e sem janelas, agora há apenas a mulher de vestido branco e Fumiko.

Um café do menu custa meros 380 ienes.

Até mesmo o item mais caro, o galeto com macarrão ao molho de shissô, sai por 980 ienes.

É evidente, até para Hikari, uma leiga na administração de um café, que, com aquele número de clientes, menu e preços não se poderia esperar que o negócio prosperasse. Se fosse possível voltar ao passado e mudar o presente, haveria clientes pagando a vultosa quantia de 10 mil ou até 100 mil ienes por um cafezinho.

Resumindo:

Se não é possível mudar o presente viajando ao passado, este café não tem qualquer serventia.

Na realidade, agora Hikari estava pensando assim.

Se pudesse voltar ao passado e ajudar Yoji, se ela aceitasse o pedido de casamento dele e vivessem felizes para sempre, Hikari pagaria facilmente um milhão ou até mesmo 10 milhões de ienes. Este seria um valor bem módico, se permitisse salvar uma pessoa da morte.

No entanto, o aspecto desse café é simples demais. Justamente por não ser possível mudar o presente. Ela finalmente compreende isso. As pessoas comuns não pensam em voltar ao passado neste café.

– Eu, aparentemente, perdi o meu tempo. Vou embora. Quanto lhe devo?

Hikari se levanta e pega o casaco colocado no espaldar da cadeira. Olha para o caixa e vê Kazu aguardando por ela.

Ao lhe entregar a comanda, Kazu responde "380 ienes".

Curto e grosso. Desde que entrara no café, Hikari considerara Kazu uma funcionária estranha, de presença apagada. Por falar pouco, não a julgara adequada para trabalhar no atendimento. Quando Hikari falava, era Fumiko ou Nagare quem se manifestava, e Kazu apenas continuava a cuidar da louça. Kazu mantinha erguido um muro que a impedia de se intrometer no que se passava com Hikari.

Apesar de sentir ciúme da aparência de Fumiko, Hikari apreciara o fato de ela ter ouvido a sua história. Nagare, sempre de braços cruzados, apenas grunhia "hum, hum", mas mostrava estar escutando com seriedade. Com exceção da outra cliente – a mulher de vestido branco –, somente Kazu parecia alheia a tudo.

– Você vai mesmo partir dessa forma? – pergunta Kazu a Hikari, que está de pé diante do caixa para pagar a conta. Demora um pouco para Hikari compreender o sentido da pergunta. Acreditando haver esquecido algo, olha para a bolsa a tiracolo e esquadrinha o assento onde estava, mas não percebe nada.

Entretanto...

Não esqueci nada... mas estou com a sensação de que ainda tenho algo a fazer.

... resta no coração de Hikari uma frustração por algo deixado inconcluso. Porém, é impossível que Kazu esteja se referindo a isso. Sobretudo porque a própria Hikari apagou essa sensação em sua mente.

– Sim – responde automaticamente, enquanto recebe o troco das mãos de Kazu.

Eu devo realmente ir embora assim?

Tentando responder, ela é assaltada por uma hesitação repentina. Kazu não tenta impedi-la de ir embora. Ela apenas perguntou *Você vai mesmo partir dessa forma?* No entanto, graças a isso, a frustração sentida por Hikari se intensifica. Antes de morrer, Yoji rompera com ela, alegando gostar de outra mulher. Mas haveria realmente uma outra pessoa que ele amava? Apesar de ter dito neste café que esperaria por ela?

Teria ele mentido sobre a existência dessa outra mulher, como justificativa para terminar o relacionamento comigo?

Se for isso, as coisas mudam de figura, porque significa que Yoji intencionalmente a fizera exteriorizar o sentimento (raiva) que tinha dentro de si no momento da separação.

Yoji deliberadamente planejou tudo de forma que eu o odiasse?

Por quê?

Bem, eu posso imaginar.

Ele não queria me entristecer.

Espere um pouco.

Isso é uma mera suposição minha. Não posso tentar glamourizar o que se passou.

Porém... E se Yoji realmente mentiu para me poupar de tamanho sofrimento?

A simples pergunta de Kazu serviu de gatilho para desatar os nós da frustração que Hikari carregava no peito. Talvez estivesse deliberadamente procurando não pensar na pergunta, não percebê-la. Contudo, levando em conta a personalidade de Yoji, essa hipótese era bem mais lógica. Ele não era o tipo de pessoa tão volúvel a ponto de quebrar facilmente a sua promessa de esperar. Eu não teria gostado de um homem assim.

O que devo fazer?

Hikari paga a conta, porém não vai embora, e Fumiko a observa estranhando a atitude. Kazu continua parada no caixa, de olhos baixos. Qualquer garçonete faria uma vênia e diria "Muito obrigada" a um cliente que acabara de pagar a conta. Mas ela não.

Parece esperar por algo. Enquanto olha essa postura de Kazu, Hikari se dá conta de *algo*.

– Desculpe, eu gostaria de reconfirmar uma coisa.

– Pergunte – diz Kazu, como se já esperasse.

– Por mais que se tente ao voltar ao passado para... Quer dizer, não importa o que se diga, não se pode mudar o presente, correto?

– Correto.

– Mesmo se eu informasse que ele iria morrer?

– Sim.

– Isso não afetaria a vida dele daquele momento em diante?

– Mesmo com a morte anunciada, a vida que ele tinha pela frente não seria alterada. Isso está protegido pela regra de que o presente não muda.

– Mas e o fato de Yoji passar a saber? Como fica na memória dele?

– Intacto.

– Completamente intacto?

– Bem, se ele vai acreditar ou não dependerá da personalidade dele.

– Em outras palavras, dependerá se ele vai interpretar como uma brincadeira ou levar a sério?

– Isso mesmo.

– Entendi.

Era como Hikari imaginara. Sendo assim, pode-se pensar também o seguinte. Ela agora sabe que Yoji vai se apaixonar por outra mulher. Porém, no passado, o Yoji com quem ela irá se encontrar não tem conhecimento disso. E ela voltando ou não agora ao passado, a realidade da separação não mudará. Contudo, mesmo sendo a mesma realidade, como seria a situação vista sob a ótica de Yoji?

E se ele, sabendo que morreria em breve, mentiu em meu benefício?

A forma como ele encararia a própria morte não seria outra se Hikari tivesse aceitado o seu pedido de casamento em vez de ter postergado uma resposta? Mesmo que a realidade não se alterasse para ela, as coisas não teriam se tornado diferentes para Yoji? Pelo menos, nos poucos meses entre aquele dia e a morte, ele certamente teria uma atitude mental diferente, uma outra postura diante da vida. Além disso, mesmo que se apaixonasse por outra mulher, isso não teria importância. Ainda mais se fosse uma mentira.

Mesmo que não fizesse sentido para mim, para Yoji talvez fizesse.

Hikari se vira para Kazu, que continua a observá-la.

— Pensando bem, eu vou voltar ao passado. É uma forma de tentar resistir um pouco a esta realidade — anuncia ela.

— Entendi — Kazu se limita a dizer. Dando meia-volta, segue para a cozinha.

O fato de não ser questionada por Kazu sobre o motivo de desejar voltar ao passado parece ir contra a expectativa de Hikari. Sente a desagradável sensação de que, de alguma forma, Kazu sabe tudo o que ela pensa.

— Por que mudou de ideia tão de repente? — pergunta Fumiko quando Hikari volta para o seu assento à mesa. Ela *já* esperava pela pergunta. Sabendo como Fumiko era, com certeza a pergunta viria. Todavia, não se sente na obrigação de dizer tudo.

— Não quero carregar remorsos — Hikari se limita a responder.

— Realmente — diz Fumiko, e, como se tivesse algo em mente, para de falar e prontamente sai do café, alegando ter se lembrado de um compromisso.

DING-DONG

A campainha da porta ressoa. Talvez Fumiko tenha ido contatar o namorado que está nos Estados Unidos ou tenha um outro motivo.

Nas palavras de Hikari ao afirmar "Não quero carregar remorsos" estava embutida a mensagem "Se você continuar com esse seu orgulho, não vai acabar se arrependendo?". De qualquer forma, Fumiko parecia tê-la captado. Cabe a cada pessoa decidir como se sente em relação às palavras dos outros e que ação deseja tomar.

Momentos antes, esta havia sido a decisão de Hikari. Apesar de ter estado prestes a ir embora, mudara de ideia sobre voltar ao passado ao ouvir o comentário casual de Kazu. *Mesmo o presente não mudando, talvez haja sentido em voltar ao passado*, pensa.

Eu o farei por Yoji.

Sente um aperto no peito ao lembrar vagamente do que sentia quando namorava com ele. Percebe que não poderia simplesmente fazer vista grossa a esse sentimento.

Aconteceram muitas coisas que me impediram de analisar com calma meus próprios sentimentos... mas agora é diferente... agora eu percebo que realmente estava apaixonada por ele.

E... *Também há algo que eu quero confirmar.* Agora Hikari não hesita mais em viajar no tempo. Recoloca o casaco sobre o espaldar da cadeira e se senta. Enquanto aguarda, Kazu volta da cozinha.

Ao verter o refil do café, ela informa a Hikari sobre as outras regras além daquela relativa ao presente não mudar. Fala sobre só se poder encontrar com alguém que já tenha visitado o café e que, para viajar no tempo, é preciso se sentar em determinada cadeira. E também que ela não pode sair dessa cadeira enquanto estiver no passado.

Hikari considera irritantes essas regras, mas nenhuma delas representa um obstáculo insuperável. Apenas uma se destaca como particularmente surpreendente.

— Um fantasma?

Foi quando Kazu explicou que a mulher trajando vestido branco, sentada ao fundo do salão, era, na realidade, um fantasma. Por um instante, Hikari achou que fosse gozação.

– Sim. Para voltar ao passado é preciso esperar que ela vá ao banheiro.

Hikari não revida ao ouvir Kazu continuar a explicação com seu típico semblante inexpressivo. Aos seus olhos, Kazu não parece alguém que gosta de fazer troça.

Ao cogitar que é possível fazer uma viagem no tempo, a existência de um fantasma não é nenhum absurdo. Por isso, ela decide aceitá-la. Mas...

– Banheiro? Fantasmas usam o banheiro?

Por mais que tente, não entende o motivo de um fantasma ir ao toalete. Hikari tenta decifrar o rosto sério de Kazu, na dúvida de se a garçonete não diria "é brincadeira", mas ela prossegue, impassível.

– Sim. Ela vai sem falta ao banheiro uma vez por dia. É preciso aproveitar esse momento para se sentar – esclarece, sem se importar com a surpresa, dúvida ou perturbação de Hikari.

Na sequência, ouve também sobre a impossibilidade de se saber o horário da ida da mulher ao banheiro e que Hikari poderá continuar no Funiculì Funiculà após o fechamento, esperando a cadeira vagar. Os três relógios no salão exibem horas discrepantes, mas Hikari confirma que apenas o do meio está correto.

Quando olha para o relógio do meio são 17h em ponto, e somente ele dá cinco badaladas. *Dong, dong, dong, dong, dong.*

– Vou esperar – decide Hikari, pegando o café que acabara de ser servido. Para ela, que em geral toma café instantâneo ou do tipo coado, é difícil saboreá-lo como sendo o mesmo café com que se habituara. Quando fora até ali com Yoji, ela tomara um igual, mas não se recordava mais do sabor.

Naquela ocasião, o meu foco era outro.

Ao erguer os olhos, ela vê, bem em frente, a mulher de vestido branco lendo tranquilamente o seu livro. É estranho imaginar um fantasma que vai ao banheiro, mas é também uma sensação esquisita que esteja lendo um livro. Hikari fica curiosa para saber o gênero.

Ela deve estar realmente lendo, pois de vez em quando vira uma página. Será que está compreendendo o teor? Teria como um fantasma achar um livro bom e outro não? Brota em Hikari o interesse pela mulher de vestido branco sentada à sua frente.

– Que livro você está lendo? – ela acaba perguntando à mulher de vestido branco. Hikari realmente não espera por uma resposta, que de fato não vem.

– Kaname gosta de romances. – É Nagare quem responde no lugar da mulher. Hikari sente uma estranheza ao descobrir que o fantasma tem um nome, mas o que mais desperta o seu interesse é mesmo o fato de a mulher gostar de ler.

– Como é que você sabe disso?

– Quando ela estava viva... bem... é...

– É o quê?

Limpando a garganta, Nagare engole as palavras que estava prestes a dizer. E murmura algo para si, parecendo ter ficado sem graça. Passa a impressão de estar preocupado também com a reação de Kazu, que, de pé ao seu lado, o encara. Hikari ouviu, com certeza, as palavras *Quando ela estava viva*.

Ela também nota que a mulher foi chamada de Kaname por Nagare. A mulher tem alguma relação com o café. Pela reação de Nagare, não há dúvida de que se trata de um assunto delicado. Porém, quanto mais o ser humano é exposto a algo secreto, mais isso serve para atiçar a curiosidade alheia.

Justo quando Hikari está prestes a indagar *Quem é Kaname?*, ouve-se um barulho.

Plaft.

É o som de um livro sendo fechado. A mulher de vestido branco se levanta lentamente em silêncio. Num ato reflexo, Hikari ajeita os ombros e se põe em alerta.

L-levantou-se! O fantasma tem pernas!

A mulher de vestido branco passa em silêncio ao lado de uma Hikari que continua petrificada e desaparece no banheiro, no lado direito da entrada.

– A cadeira desocupou.

– Quê?

De tão distraída com a mulher que havia entrado no banheiro, Hikari sequer nota Kazu parada à sua frente.

– Você não vai se sentar?

– Vou. C-claro! – exclama bem alto.

– Então, antes de você ocupar esta cadeira, preciso explicar mais uma importante regra.

– Mais uma?

– Sim.

Hikari está morrendo de curiosidade para saber quem é a mulher de vestido branco. Porém, a prioridade agora é voltar ao passado para se encontrar com Yoji. Depois de uma pausa, ela pergunta:

– Que regra é essa?

– Após se sentar naquela cadeira, eu vou lhe servir um café.

– Hã? Mas eu já tomei dois.

Hikari aponta para a xícara colocada bem diante dela.

– É um café diferente desse.

– … Ah, é?

Desde que chegara, Hikari já tomara um café inteiro. Ela sorvera só um gole do segundo, mas, uma vez que lhe fora trazido, seria um desperdício não consumi-lo todo.

Um terceiro café…

Não é que ela deteste café. No entanto, não vê com bons olhos tomar três xícaras seguidas.

De semblante resignado, suspira de leve.

– Vamos lá – ela instiga Kazu a explicar a regra.

– O tempo no passado durará do momento em que eu servir o seu café até ele esfriar. Beba todo o café sem falta antes que ele esfrie.

– Antes que ele esfrie?

Hikari coloca a mão na xícara à sua frente. Ainda está quente, embora cinco ou seis minutos tenham se passado desde que Kazu servira o refil. Ainda serão necessários uns minutinhos até estar completamente frio. Em outras palavras, o tempo em que poderá permanecer no passado será de quinze a vinte minutos no máximo. Ela imagina que deva ser suficiente para aceitar o pedido de casamento de Yoji e retornar.

– Entendi – replica. Para uma regra importante, até que não é tão especial assim. Hikari considera mais importante o fato de o presente não mudar. – Seja como for, bastará eu beber todo o café antes que esfrie, certo?

Hikari aceita tranquilamente a regra. Tomar todo o café antes que esfrie é algo bem simples. Ela pega a xícara com o segundo café e bebe dois golinhos para confirmar. Não está de todo morno, tampouco quente demais que não permita bebê-lo de uma tacada só. Kazu lhe disse para tomar todo o café antes que esfriasse, mas existe a possibilidade de alguém não conseguir tomá-lo até o fim?

– A propósito, o que acontece quando não se bebe todo o café? – pergunta Hikari, tomada de repentina curiosidade.

Kazu não responde de imediato. Então diz:

– Se você não beber todo ele... – E faz uma pausa indistinta.

– Se eu não beber todo ele?

O que acontecerá então?

Hikari franze o cenho à espera da resposta.

– Será a sua vez de virar um fantasma e continuar sentada naquela cadeira.

– Sério?!

Hikari olha na direção do banheiro onde a mulher de vestido branco entrou, depois torna a olhar para Kazu, que observa com fisionomia inexpressiva o assento onde a mulher de vestido branco, ou melhor dizendo, a mulher que se transformara em fantasma, estava sentada.

Isso significa que eu vou colocar minha vida em risco?

Hikari não se dera conta desse enorme perigo envolvido numa das regras para voltar ao passado. Subitamente, brota em sua cabeça uma dúvida crucial.

Até que o café esfrie não é demasiado vago?

Ela coloca de novo a mão sobre a xícara à sua frente para confirmar a temperatura do café.

Quê?

O café está, com certeza, mais frio do que quando ela tocara antes. Até bem poucos minutos atrás, ainda estava quente, mas agora, sem dúvida, esfriara consideravelmente.

Inacreditável. Tão rápido assim?

De repente, ela não sabe mais à qual temperatura se poderia afirmar que estaria totalmente frio. Se sentisse a xícara fria, seria o final de tudo? No verão, demoraria bem mais para esfriar ou não?

– O que deseja fazer? – pergunta Kazu, justo quando Hikari dá ares de estar confusa.

O significado da pergunta breve e sem inflexão tem a intenção de colocar uma certa pressão: talvez você vire um fantasma. Ainda assim quer voltar ao passado?

Ao mesmo tempo é também uma última confirmação. *Se tiver intenção de desistir, a hora é agora!*

Ouvindo isso, Hikari repesa o que sente. Há dois motivos para decidir voltar ao passado.

Primeiro, para confirmar que é verdade o que Yoji disse sobre ter outra pessoa de quem gosta.

Segundo, caso seja verdade que ele gosta de um outro alguém, para Yoji, naquele dia em que fizera o pedido, isso obviamente era algo sem qualquer relação no futuro.

Portanto, ela quer voltar ao passado para aceitar o pedido dele. Também em benefício de Yoji.

Quero deixar claro para ele como estou me sentindo.

Todavia, o risco de se tornar um fantasma é altíssimo. Tudo correrá bem se tomar o café antes que esfrie, mas ela tem medo da regra tão vaga de *antes que ele esfrie*. Ela poderá ficar tão absorta na conversa, que haverá a possibilidade de deixar passar o instante de mudança da temperatura de "está esfriando" para "esfriou". Essa fronteira entre as temperaturas tanto pode ser de um grau como de um décimo de grau. Por mais que pense, não obtém uma resposta definitiva.

Porém, se eu não for me encontrar com ele agora, meu arrependimento poderá aumentar.

Hikari bebe de um só gole o restinho do segundo café diante dela. Está frio. Ela olha o interior da xícara vazia. Sua sensibilidade diz que ainda deveria estar quente. No entanto, ao tomar todo, confirma que está completamente frio. Ela não soube calcular de cabeça o tempo exato.

Mesmo assim, a sua mente reconhece que o café está frio. De fato, o tempo até esfriar foi mais vago e curto do que imaginara. Pôde assim confirmar a grande discrepância existente com a própria noção de tempo. Talvez o tempo não seja absoluto, e sim relativo.

Por isso chega a uma conclusão. *Vou manter sempre a mão encostada na xícara, e, quando sentir ter amornado, bastará eu beber tudo de um gole só.*

Hikari deposita a xícara de volta no pires e se levanta lentamente.

– Quero me encontrar com ele de novo. E desejo lhe transmitir tudo o que sinto.

Dizer isso a faz sentir-se confiante.

Não quero nunca mais me arrepender.

Ela cria justificativas dando a si mesma vários motivos para voltar ao passado, mas, na realidade, não precisa de um.

Não importa qual seja o risco, eu quero ver Yoji.

Basta isso.

– Entendi – diz Kazu, virando-se e seguindo para a cozinha.

– Posso me sentar lá? – Hikari procura confirmar com Nagare, que, de dentro do balcão, observa calado a cena.

– À vontade – responde ele, incentivando-a com um gesto da palma da mão aberta.

Hikari morde o lábio diante da cadeira que leva ao passado. Sente o coração palpitar. O simples fato de se sentar, decerto, não a transportará de repente ao passado, mas o que realmente fará a viagem no tempo acontecer, ela ainda desconhece. Desliza então o corpo com cuidado entre a mesa e a cadeira, sentando-se lentamente.

– ...

Nada de especial acontece. Em termos de conforto, a cadeira em nada difere de uma outra qualquer. A única diferença é que toda ela está fria. Na realidade, não é apenas a cadeira. Quando a tensão alivia e ela se acalma, percebe que apenas aquele local está envolto por algo semelhante a um ar friorento.

Este é o local onde o fantasma estava sentado.

No instante em que pensa isso, sente um frio na espinha.

Quem sabe não terminarei sentada aqui para sempre.

Hikari fecha os olhos e balança a cabeça para espantar essa imagem negativa que lhe cruzou a mente por um instante. Kazu volta da cozinha.

Segura uma bandeja sobre a qual há uma xícara branca e um bule prateado. De pé ao lado de Hikari, que está sentada na cadeira que permite viajar ao passado, primeiro ela retira a xícara usada pela mulher de vestido e, em seu lugar, coloca uma outra.

– Agora eu vou lhe servir o café. Preparada?

– Sim.

– O tempo no passado durará do momento em que eu servir o seu café até ele esfriar.

– Ok.

Quando ouviu antes a mesma explicação, Hikari supôs que demoraria de quinze a vinte minutos para o café esfriar. Porém, sua percepção mudou ao saber do risco no caso de não conseguir tomar todo. Ela sente a pressão de precisar tomar todinho ele, no máximo, em dez minutos; não, melhor não arriscar, o quanto antes possível. Diante dessa aturdida Hikari, Kazu segura algo parecido com um palito metálico. Mede 10 centímetros.

Com o olhar, Hikari indaga a Kazu *o que é isso?*

– Se o colocarmos dentro da xícara, ele emitirá um alerta antes de o café esfriar. Ao ouvi-lo, beba, por favor, todo o café. – Dizendo isso, Kazu coloca o objeto dentro da xícara.

– Quer dizer que ele vai me avisar antes do café esfriar?

– Sim.

Se havia algo assim tão prático, poderia ter dito logo, não? Me devolva todo o tempo que eu perdi sofrendo sem necessidade! Hikari engole as palavras que lhe sobem até a garganta.

– Interessante – retruca simplesmente.

Ela sabe que de nada adiantaria reclamar, porque a garçonete manteria inalterada a expressão facial. Não deve ser má vontade. Porém, para ser sincera, ela se sente bem mais aliviada. Se basta tomar todo o café ao ouvir o alerta, ela não precisará se inquietar com o tempo até o café esfriar, que era o seu maior problema.

– Está pronta?

Hikari ouve a pergunta e, antes de responder, inspira profundamente.

– Sim, estou. Por favor – pede.

Ao ouvir a resposta de Hikari, Kazu acena de leve com a cabeça e pega o bule prateado. Num átimo, a atmosfera no interior do café se adensa. Hikari percebe que seus punhos fechados tremem.

Que medo!

Ela achava que estava preparada. Porém, o medo que se apodera dela não diz respeito a se tornar um fantasma. Receia se encontrar com uma pessoa morta. É incapaz de imaginar o que sentirá, tendo diante de si alguém já falecido. Hikari fecha os olhos com firmeza e morde os lábios. Enquanto a observa, Kazu ergue lentamente o bule e murmura:

– Antes que o café esfrie.

O café é vertido com vagar do bule para a xícara. Hikari entreabre os olhos e observa a cena. Aos poucos, o café preenche a xícara quase até a borda e, inesperadamente, um fio de vapor começa a ascender. Esse vapor vai em direção ao teto, sem desaparecer. Hikari acha que está apenas vendo o vapor se elevar. Porém, há algo estranho.

O quê?

Ao perceber, a cena ao redor começa a ondular e treme-luzir. Ela se assusta ao se ver tomada pela sensação de que seu corpo não é mais físico. O teto está anormalmente baixo. Nesse momento, percebe que o seu olhar não acompanha o vapor, mas que o que espirala é ela própria.

Isso não pode ser verdade!

Além disso, não é só o teto que se aproxima. A cena ao redor flui de cima para baixo. Num espetáculo caleidoscópico, coisas que ocorreram no café surgem acima e desaparecem abaixo.

Realmente estou retrocedendo no tempo!

Torna a fechar os olhos. Está superconfusa com a situação. Também sente medo.

Porém, poderá se encontrar de novo com Yoji. Só de pensar nisso, fica sem fôlego, inquieta e agitada.

Estou tão nervosa...

Recorda-se dessa tensão. Uma tensão anterior ao seu relacionamento com Yoji.

Tenho amargas recordações de ter sofrido *bullying* dos meninos da minha turma no primário, quando cortei curtinho o cabelo.

Desde então, sempre o mantive comprido. Não chega a ser um trauma, mas evito tê-lo curto.

Mas, um dia, isso mudou.

Cortei!

Mostro a língua para mim mesma diante do espelho. Tudo começou com uma vidente num programa de TV matutino. *As palavras da sorte no amor são "corte de cabelo".* O comentário sobre como uma mudança no visual poderia dar um *up* na sorte no amor fez despertar intensamente em mim segundas intenções.

Na realidade, na época eu estava interessada num dos participantes de um game de resolução de enigmas que eu e minhas amigas costumávamos jogar. O nome dele era Ryo Ninomiya. Magro, alto, tipo esportista. Alguém dissera que ele jogava vôlei no time do colégio. Acabei tomando a corajosa iniciativa de cortar bem curto o meu cabelo, pois desejava, de alguma forma, atrair a atenção dele.

Mas quando nós seis nos reunimos pela primeira vez depois de um longo tempo, ele apenas me disse: "Eita, cortou curtinho o cabelo, é?"

Xiii...

Eu revivi o trauma. Dessa vez, não era *bullying*. Certamente ele não estava criticando o corte. Eu estava ciente disso. É que, no fundo, eu esperava ouvir algo como *ficou charmoso* ou *caiu bem em você,* mas aquelas palavras foram suficientes para eu ficar arrependida.

Não devia ter cortado.

Sorri procurando disfarçar a todo custo o que eu sentia. Porém, naquele dia, não consegui me divertir. Quanto mais eu ria, menos graça eu achava. Eu não parava de mexer no cabelo e senti-lo bem curtinho.

Não importava o que eu fizesse, ele demoraria para voltar a crescer. Sentia-me envergonhada por expor minhas segundas intenções, influenciada pela vidente. Estava triste. E apenas ria.

— O cabelo curto também combina bem com você.

Essas foram as palavras de Yoji. Nunca vou esquecê-las. Ditas no caminho de volta para casa naquele dia. Suas palavras acariciaram meu coração partido. Elas demonstravam a gentil preocupação dele por mim. Rindo muito, eu, na realidade, enviava um pedido de socorro. E como até o final ninguém o atendeu, cheguei a pensar: *Isso não tem graça, vou parar de sair com o pessoal desse grupo.*

Pensando bem, é sempre dessa forma que venho perdendo a sensação de pertencimento. Portanto, naquele dia, as palavras de Yoji me salvaram.

Um ano depois, meu cabelo havia crescido. Quando dei por mim, dois casais tinham se formado no grupo, e apenas eu e Yoji fôramos deixados para trás. Certo dia, quando o tal game das charadas terminou, os outros dois casais foram embora, e eu e Yoji ficamos sozinhos.

Geralmente, ele se despedia primeiro, ao entrar na estação de trem, e eu caminhava sozinha até uma outra estação um pouco mais afastada. Nesse dia, Yoji contou que "estava de bobeira" e me acompanhou até a estação onde eu tomaria o meu trem. Era Natal e nevava, algo raro nessa época do ano. Ele caminhava rápido sobre a neve. E eu, ao seu lado, o acompanhava. Procurava não me afastar dele. E nem ficar muito próxima. A neve sob os meus pés estava fofa e, se não tomasse cuidado, acabaria esbarrando nele. *Bem que eu gostaria*, pensei. Mas eu só via os meus pés afundando na neve.

De repente e sem aviso, Yoji sussurrou:
— Comprido também fica bem em você.
— Oi?
Por causa do frio, ele exalava uma fumaça branca ao falar. Encolhera os ombros e apenas olhava em frente.
— Seu cabelo.
— Ah, tá. — Segurei uma mecha já crescida. — Isso não significa um *tanto faz como tanto fez*? — indaguei, tentando deliberadamente provocá-lo. Mais do que uma provocação, em certo sentido eu ansiava pela resposta dele.
— Ambos ficam lindos em você.
— Ambos?
— Sim, gosto de ambos os cortes.
— Ah, é?
— Sim.
— Obrigada.
Eu esperava por essa resposta. Rimos enquanto pisávamos na neve. Eu estava feliz. Ele se lembrava daquele dia, um ano antes. O dia em que eu me magoara e ele me salvara.

Yoji, com certeza, havia esperado o meu cabelo crescer. Ele gostava de planejar detalhadamente as coisas.

Dias depois, fui informada de que ele estava pretendendo me chamar para sair, mas isso não era novidade para mim.

Por isso estou arrependida.

Ele se dera ao trabalho de me pedir em casamento neste café. Ele o expressara em palavras. Eu assumia como algo natural o fato de estarmos juntos. Foi infantilidade minha. Imaginei que a nossa relação duraria para sempre. Contudo, não foi o que aconteceu. Se fosse possível, eu gostaria de refazer tudo do zero. E gostaria de dizer a Yoji como ele era precioso para mim. Mesmo que o presente não mude.

Hikari ignora por quanto tempo ficou observando o tempo fluir para cima e para baixo. Sente que tanto pode ter sido muito como também apenas um breve momento. *Se é verdade que as pessoas à beira da morte veem a própria vida em flashback, com certeza deve ser uma imagem como essa*, pensa.

Ah...

Quando dá por si, Yoji está sentado à sua frente, mas na mesa vizinha. Há entre eles uma distância que não é natural. Em outras palavras, Hikari se encontra na posição da mulher de vestido branco, que, um ano antes, estava sentada atrás dela. É uma situação estranha. O mais esquisito é ter Yoji, que já morreu, diante dos olhos.

— Yoji!

Esquecendo-se das regras, Hikari faz menção de se levantar. Se o fizesse, seria forçosamente puxada para o presente. É o encontro com Yoji que está deixando a sua mente completamente em branco.

— Ei, você não pode se levantar! — grita Yoji, fazendo um gesto de *pare aí onde está* com a palma da mão.

— O quê?

Por um instante, Hikari não entende a razão de Yoji berrar esbaforido. Porém, logo se lembra das regras.

— Ah, tá! — exclama e imediatamente se apruma no assento.

Apesar de ter voltado ao passado, se não fosse por Yoji ter avisado, ela seria transportada à força de volta ao futuro, sem ter feito nada.

— Essa foi por pouco.

Yoji enxuga dramaticamente o suor da testa.

— O quê?

Hikari volta a inclinar a cabeça, ainda em dúvida sobre o que de fato acabou de acontecer.

Yoji me alertou para não me levantar, sinal de que sabe que eu vim do futuro.

Hikari entra em pânico. Mesmo que Yoji conhecesse em detalhes as regras do café, não haveria como ele saber que Hikari, sentada naquela cadeira, viria hoje do futuro.

Ou haveria? Mas como?

Porém, não há dúvida de que ele a impediu de se levantar. Essa ação somente ocorreria caso ele estivesse ciente de que ela viera do futuro. Além disso, ele o fizera sem hesitação.

– Talvez…

Com o olhar, Hikari questiona Kazu atrás do balcão: *Você falou para ele?*

Kazu, porém, não reage. Parecendo não reparar no olhar de Hikari, acaba indo para a cozinha.

– Ei… ei… – A voz de Hikari vacila, mas a atitude de Kazu era esperada. Mesmo que Hikari tivesse perguntado a Kazu, a resposta seria, sem dúvida, um *Isso é impossível*. Afinal, ela não teria como prever, a menos que fosse uma vidente, que Hikari viria hoje do futuro. Foi fácil para Hikari compreender isso.

Então… como Yoji ficou sabendo que eu viria do futuro?

Quando torna a olhar para Yoji, ele se levanta da cadeira e se dirige até a mesa dela. Com a cabeça tentando entender aquele acontecimento inexplicável, ela esquecera totalmente o que tinha para lhe dizer. Ao chegar diante dela, ele se senta sem hesitar na cadeira oposta. Seus olhares se encontram.

Hikari o encara com certo nervosismo, mas, por alguma razão, Yoji mantém um rosto sorridente.

Será que ele planeja me pedir em casamento agora?

Hikari balança a cabeça em dúvida.

Não, não pode ser. Se me lembro bem, ele estava nervoso demais para sorrir antes de fazer o pedido.

Hikari não compreende o significado do sorriso de Yoji sentado à sua frente.

– Ah, bem… eu…

Ainda confusa, começa a falar. Primeiro, ela precisa saber se *agora* é antes ou depois do pedido de casamento. Se é antes, bastará receber de bom grado a aliança oferecida, mas as coisas mudarão de figura se for depois.

Ela precisaria explicar o motivo da recusa e tentar convencê-lo de que é um bom motivo. Por mais que o presente não mude, uma vez que se transportou ao passado e pôde se encontrar com Yoji, não deseja criar ali uma atmosfera constrangedora entre eles.

Mas o tempo é curto.

– Como você sabe que eu viria do futuro?

O café esfria rápido. Preciso ir direto ao ponto.

Ela engole em seco. Resfolega, o coração acelera.

Nada do que eu diga fará o presente mudar. Não tenho esse poder.

Saber disso não alivia sua ansiedade. Ela segue a própria conveniência, o que deverá ser para Yoji uma conversa irritante. Apesar de ouvir a pergunta inesperada, Yoji se mantém sereno. Não, mais do que sereno, está alegre.

– É que eu estava te esperando – responde.

– O quê?

– Esperando você vir do futuro.

Hikari não compreende o significado das palavras de Yoji.

– Esperando?… Por mim?

– Sim.

– Eu não estou entendendo é nada. O que você está querendo dizer?

– Prometi a você que eu esperaria, lembra?

Hikari balança a cabeça sem ter certeza sobre quando isso teria sido dito.

– Olha, foi aqui, quer dizer, para mim foi agorinha mesmo.

Agorinha mesmo?

– Depois de pedir você em casamento, você disse que queria focar um pouco mais no seu trabalho e me pediu um tempo. Esqueceu?

Trabalho?

O olhar de Hikari vaga no vazio. No teto, o ventilador de madeira gira lentamente, e três grandes relógios de pêndulo se estendem quase do chão ao teto, fazendo *tique-taque, tique--taque, tique-taque,* todos com horas discrepantes.

— Ah.

Realmente, naquele dia, Yoji dissera que esperaria.

Mas isso...

— Como assim?... Calma lá... Era isso que você tinha em mente ao dizer que esperaria?

Pensei que ele dissera que esperaria até que eu estivesse segura com relação ao meu trabalho.

— Você quis dizer que esperaria neste café que eu viesse do futuro?

— Exatamente!

Hikari perde as palavras com a resposta imediata de Yoji. Seus lábios tremem.

— Talvez você ache que estou mentindo, mas é a mais pura verdade! O fato de ter te trazido até aqui foi só para eu ficar esperando você vir do futuro, caso rejeitasse o meu pedido.

— É inacreditável.

— Então, eu vou perguntar. No futuro em que você está, eu já morri... correto?

Com a expressão inalterada, Yoji pergunta tranquilamente algo terrível. Seu jeito de falar é o mesmo de alguém que deseja confirmar se uma festa na qual não pôde participar foi divertida.

— O quê?... Você está dizendo que... — Involuntaria-mente, a voz de Hikari vacila.

Sente os olhos esquentarem e a raiva brotar. O que ele espera dela ao perguntar "Eu já morri... correto?". Acha que ela teria o coração forte o bastante para apenas confirmar? Hikari se enfurece por ele ter perguntado algo que para ela é impossível de responder. Ela treme, os dentes rangem.

— Perdão, perdão.

Yoji se desculpa com um sorriso. É incompreensível para Hikari como ele pode estar sorrindo daquele jeito.

Sabendo que iria morrer, Yoji me trouxe até aqui.

– Então? O que eu disse para você naquele tempo? – pergunta ele.

– De que tempo você está falando?

– De quando terminei contigo.

– Você pensou até no que iria dizer?

– Bem... Quando eu tiver certeza de que a minha condição física irá se deteriorar visivelmente, darei um jeito de me separar de você.

Para Hikari é algo no passado, mas para Yoji é uma conversa futura. É triste ver que ele se expressa usando o verbo no tempo futuro. É difícil de acreditar. Porém, se o que diz é verdade...

Eu só pensei em mim mesma.

Hikari fecha os olhos, devastada por ter sido tão descuidada no passado. Não estava nem um pouco orgulhosa disso.

– Então, o que eu disse? – insiste ele.

Yoji encara Hikari com curiosidade.

– Você disse que estava gostando de outra pessoa.

– Ah, então eu me saí com essa! – Yoji se inclina para trás, e as pernas dianteiras da cadeira se afastam de leve do chão. De tão alta, sua voz ecoa por todo o salão. Hikari observa com frieza essa reação. – Eu precisei pensar bastante.

– Em quê?

– Numa boa justificativa pra gente terminar. Por exemplo, dizer a você que eu havia perdido *isto aqui*, só para provocar uma briga feia entre nós.

Yoji suspende a manga esquerda da jaqueta para mostrar um relógio de pulso com correia de couro. Um presente de aniversário de Hikari. Ela se lembrava de ter gastado uma semana inteira procurando, depois do trabalho, em várias lojas, na dúvida sobre qual relógio combinaria mais com ele.

Mas, possivelmente, se ele lhe dissesse que simplesmente o perdera, ela se limitaria a perguntar "Onde você perdeu?", e isso não serviria como motivo para tamanha desavença.

– Pensei também em confessar que havia contraído um empréstimo vultoso ou pedir para você comprar para mim algo caríssimo.

Yoji soltava risadinhas, talvez estranhando as coisas que ele próprio dizia.

– Pensei também em simplesmente sumir do mapa.

Ao dizê-lo, Yoji olha para Hikari, esboçando, agora, um sorrisinho tristonho. Essa maneira de se separar era, decerto, a candidata mais poderosa para um término naquele momento. É o que Hikari pensa.

– Então, quer dizer que a minha desculpa foi inventar que estava apaixonado por outra garota. Hum. Interessante.

Yoji assente com a cabeça, parecendo convencido da escolha feita. Talvez estivesse aliviado por não ter optado por desaparecer sem deixar vestígios.

Ele continua.

– Como você se sentiu quando eu disse que havia outra garota de quem eu gostava, apesar de haver prometido esperar? – pergunta curioso.

– Foi um choque tão grande… – responde Hikari sinceramente.

– Deve ter sido mesmo.

Yoji solta mais uma risadinha. Ele com certeza imaginou que Hikari viria ao passado ao saber do falecimento.

Ela franze as sobrancelhas de insatisfação.

– Por que não me contou?

– Sobre a minha doença?

– Você deveria ter conversado comigo.

– Se eu revelasse, você não teria como recusar o meu pedido.

Por um instante, achei que fosse parar de respirar. Realmente, se, naquele momento, ele tivesse me falado sobre a doença, eu não seria capaz de recusar o pedido. Eu achava que era cedo para me casar e não tinha confiança sobre viver o resto da minha vida com Yoji. O trabalho fora uma mera desculpa para fugir. Mas, se eu tivesse sido informada da enfermidade, provavelmente teria aceitado o pedido de casamento. Por compaixão. Eu seria incapaz de fazer a minha própria escolha. Se, mesmo sabendo, eu recusasse, após a morte de Yoji eu certamente carregaria para sempre no peito um pesado remorso e ficaria, para sempre, me questionando o porquê de não ter dito sim.

Em certo sentido, isso seria uma maldição.

Justamente por conhecer bem a personalidade de Hikari, ele imaginou que ela não conseguiria descobrir uma forma de se livrar dessa maldição.

— Por isso eu decidi esperar.

Yoji esperou que eu viesse me encontrar com ele por decisão própria... Eu não teria vindo ao encontro dele se ele fosse o homem que apenas se separara de mim, alegando gostar de outra garota. Alguma coisa dentro de mim, algo acima da minha compreensão, me trouxe até aqui. Em parte, foi o arrependimento por não ter revelado a ele os meus reais sentimentos e em parte por desejar ouvir dele a verdade.

— Não havia outro jeito? — pergunta Hikari.

— Será? Se eu não soubesse sobre este café, talvez não pudesse guardar segredo sobre a minha doença. Quem sabe eu tivesse pedido a você para se casar comigo... ignorando os seus sentimentos. Mas, se isso acontecesse, acredito que eu me arrependeria, sem dúvida, antes de morrer. Quanto mais o momento derradeiro se aproximasse, menos eu confiaria nos seus sentimentos. Cada vez que olhasse o seu rosto sombrio, imaginaria à revelia um monte de coisas. Eu poderia dizer coisas irrefletidas, como, por exemplo, acusar você de ter se casado comigo provavelmente por compaixão, por saber que eu estava fadado a morrer em breve. Isso seria detestável.

Isso seria realmente horrível! Eu queria fazer *você* feliz... Queria a *sua* felicidade. Porém, mesmo assim, eu sabia que o meu coração se anuviaria. Por ficar com medo de não conseguir enfrentar a morte, apostei na possibilidade de você vir se encontrar comigo por vontade própria.

– Ah...

– Olha, me perdoe – Yoji se desculpa, escondendo os olhos com as mãos. O tampo da mesa está levemente molhado. – Eu não tinha intenção de dizer o que disse. Acabei enfiando os pés pelas mãos.

Ao ver Yoji erguer o rosto, fungando forte, Hikari pensa: *Como são cruéis as regras deste café.*

Não importa o que se faça, não se pode mudar o presente. Yoji está ciente disso. Por isso, ele chora. Porque sabe que a vinda de Hikari demonstra que ele não poderá escapar da morte.

Ainda assim, estou feliz por ter podido voltar ao passado. Se não o fizesse, viveria o resto da minha vida ignorando o que Yoji pensava ou, melhor dizendo, o sofrimento dele... Que tipo de homem era aquele que dissera que esperaria, mas seis meses depois arranjara outra garota e me largara de vez?... Eu diria isso para mim mesma, esforçando-me para esquecê-lo.

– O que você faria se *eu* tivesse encontrado outra pessoa depois de nos separarmos?

Na realidade, não era isso que Hikari queria perguntar. Havia coisas mais importantes a comunicar. De que adiantava perguntar, se ela sabia bem qual seria a resposta de Yoji.

– Nesse caso, logicamente, eu desejaria que você fosse feliz com essa pessoa. Embora eu tivesse prometido esperar, por que você se importaria, afinal, com um homem que havia arranjado outra garota?

Viu? Era a resposta prevista.

Enquanto ele respondia, era difícil discernir se Yoji ria enquanto chorava ou se chorava enquanto ria.

– Você é muito egoísta, sabia?

Eu não estou sendo sincera. Não era isso que eu gostaria de ter dito. Estou destratando alguém que pensou tanto em mim o tempo todo.

– Desculpe.

Não tinha intenção de fazê-lo se desculpar. Ao contrário, era eu quem deveria lhe pedir perdão.

Mas...

– Assim mesmo, eu queria que você tivesse sido franco comigo. Talvez eu tivesse me casado contigo por compaixão. Ainda assim, eu queria ter sofrido junto com você. Talvez eu passasse noites a fio acordada, refletindo sobre a sua morte, e descobrisse muitas coisas horríveis sobre você, mas, mesmo assim, eu queria ter estado ao seu lado. Queria ter podido compartilhar seus sentimentos, os verdadeiros sentimentos.

– Desculpe.

– O que eu posso fazer? Me diga o que eu posso fazer!

Hikari cobre o rosto com as mãos e começa a chorar. Yoji continua a observá-la, estende a mão lentamente e a coloca ao lado da xícara de café. Num instante, seu semblante se torna sisudo e ele contrai bem os lábios.

E do bolso do casaco tira o pequeno estojo com a aliança.

– Isto – diz, colocando-o do lado da xícara.

O estojo da aliança sobre a mesa penetra o campo de visão de Hikari pela fresta entre os dedos que lhe cobrem o rosto. Mais lágrimas brotam.

– Gostaria que você a aceitasse.

– O presente não vai mudar, você sabe.

– Eu sei.

– Mesmo dizendo "Sim" aqui, você entende que nós não poderemos ter uma cerimônia de casamento, não entende?

– Entendo. Mas não importa.

– Que ardiloso é você, hein! Como eu poderia recusar um pedido assim?

– Nossa, desculpe. Seja como for, eu acabo fazendo você sofrer. Desculpe de verdade. Isso é de fato egoísmo da minha parte. Eu sei disso... Mas, mesmo assim...

– Você é *muuuito* egoísta!

– Por favor...

– Muito egoísta!

– ... casa comigo.

Ela nunca vira os olhos de Yoji tão lindos como naquele momento. Embora quisesse, era incapaz de responder "Sim". Porque, mesmo aceitando, ela precisaria voltar ao presente. E Yoji viveria com a Hikari do passado, que não sabia de nada.

Isso é demasiado cruel.

– Que ódio! – exclama Hikari, olhando para o teto. Mesmo com as mãos sobre as pálpebras, não consegue conter as lágrimas. – O que mais odeio é saber que você vai morrer.

Desde que fora informada do falecimento de Yoji, seu coração se ensombrecera. Apesar de todos terem chorado no velório, apenas ela não conseguira verter uma lágrima sequer. Isso devido ao choque sofrido quando soubera que ele gostava de outra garota, apesar de ter dito a ela que esperaria. Ela acreditara nessas palavras, mas, por pura teimosia, decidira não chorar por alguém que, de forma egoísta, se separara dela e morrera.

Todavia, Hikari se dera conta do seu real sentimento.

Não quero que ele morra.

– Eu queria me casar, de verdade...

Hikari chora como uma criança.

– Essa é a sua resposta? É bem do seu feitio.

Yoji solta outra risadinha.

Fui teimosa. Não fui sincera. Eu sei disso.

Yoji tira do estojo o anel e segura a mão esquerda de Hikari.

– Nos próximos seis meses, eu não poderei comentar com você sobre o que aconteceu hoje. Talvez devido às regras deste café, não adiantará eu tentar falar, porque você não escutará e, mesmo que o faça, não acreditará em mim. Apesar disso, estou feliz por saber como você está se sentindo. Eu me alegrei bastante. Não me arrependo de ter te conhecido, ter desejado me casar e ter pedido você em casamento. Por isso, poderei viver sorridente.

Depois de dizê-lo, Yoji coloca lentamente a aliança no dedo anelar esquerdo de Hikari.

Bip-bip, bip-bip.

— Ah.

O som do palito metálico colocado dentro da xícara ressoa antes de o café esfriar.

— Está na hora.

— Yoji.

— Vamos, beba.

Abraçando contra o peito o dedo anelar com a aliança, ela não faz menção de tocar na xícara.

— Rápido.

— Não quero.

Sou teimosa e irritante. Até neste momento eu causo problemas para ele. Sei que o farei sofrer se eu não tomar o café, mas não quero beber.

— Assim você me deixa em apuros.

Yoji solta um enorme suspiro. Mas, por algum motivo, ele está rindo. Talvez tivesse previsto que algo do tipo poderia acontecer.

— Se você não voltar para o futuro, a partir de agora eu terei que me relacionar com duas Hikaris neste mundo, correto?... Se isso acontecer, a Hikari daqui certamente vai ficar enciumada por você ter ganhado uma aliança, e você, sem dúvida, vai se vangloriar dela com ela, estou errado? Por favor, pare com isso já! A minha situação financeira atual não me permite comprar mais uma aliança caríssima. Vou manter em segredo dela que eu te dei a aliança, mas, por favor, volte para o futuro! É isso.

Ao terminar de falar, Yoji junta ambas as mãos em súplica. Se ele havia previsto até mesmo que Hikari viria do futuro, certamente sabe o que acontecerá se o café esfriar.

Se falasse de forma ainda mais incisiva para ela voltar, aí mesmo é que ela insistiria em ficar, só de birra.

Mas como poderia ela não retornar ao futuro, quando, diante dela, Yoji, sabedor de que iria morrer, falava coisas num tom tão jocoso?

Justamente por isso, ela se arrependeria se não retornasse.

Bip-bip, bip-bip...

Bip-bip, bip-bip...

Um segundo alerta. O som ecoa mais insistente do que antes.

— Ahhh... Ah!

Ela grita, tentando se recompor. Porém, continua indecisa.

— Aaahhh... Ah!

Olhando para o teto, grita ainda mais forte.

— Se você chega ao ponto de dizer isso, eu não tenho alternativa!!! — berra.

Enxugando as lágrimas com as costas da mão, pega a xícara. Sente que o café está nitidamente mais frio do que aquele que lhe fora servido antes de ela voltar ao passado. Imagina que o café deva estar à beira de esfriar por completo.

O tempo urge.

— Só te peço mais uma coisa: seja gentil comigo aqui no passado até o último minuto antes da gente terminar, ok?

— Claro. Pode deixar.

Ah.

O que ela disse a fez lembrar de uma coisa.

Nosso término foi algo repentino. Talvez a causa tenha sido o que acabei de lhe pedir. Realmente. Havia uma razão por trás da traição despropositada de Yoji. Talvez eu a tenha causado. Naquele momento, interpretei do meu jeito o significado do comportamento dele e me irritei com isso.

Hikari solta uma risadinha.

— Então, até. — E toma todo o café de um só gole.

Uma forte acidez permanece no fundo da garganta. Tão logo devolve a xícara ao pires, começa a tremer do topo da cabeça à ponta dos pés. Inesperadamente, seu corpo começa a flutuar, e a cena ao redor balança para cima e para baixo.

— Ah.

Quando percebe, está flutuando cerca de dois metros no ar e, próxima do teto, olha Yoji lá embaixo. Embora possa sentir o corpo, ao tentar mover a mão só há vapor.

— Yoji!

— Hikari.

A voz de Yoji soa meiga, mesmo nesse momento.

— Yoji, obrigada!

"Obrigada por ter vindo se encontrar comigo!"

"Obrigada por ter me amado!"

"Obrigada por ter esperado por mim!"

"No final, eu nada pude fazer por você, mas fico feliz por ter vindo!"

— Tá.

— Obrigada por ter me pedido em casamento! Muito, muito obrigada mesmo!

— Nada disso. Eu é que agradeço. É pena ter sido apenas pelo breve tempo antes que o café esfriasse, mas...

— Mas o quê?

A voz de Yoji soa entrecortada, como um rádio mal sintonizado.

— ... eu fiquei feliz por ter me casado com você. — Depois dessas derradeiras palavras, a voz e Yoji desaparecem no fluxo veloz do tempo.

— Yoji!

A voz de Hikari não mais o alcança.

Mesmo assim, ela continua a chamar o nome dele.

Quando dá por si, a mulher de vestido branco está de pé diante dos seus olhos. As mãos gasosas de Hikari voltam à forma normal.

– Esta é a minha cadeira – anuncia a mulher com uma voz estranhamente baixa.

– Ah, desculpe.

Hikari se apressa a lhe ceder o lugar.

Quando se levanta, ao apoiar a mão na mesa, ouve um ruído seco. No dedo anelar esquerdo está a aliança recebida de Yoji.

– Oh!

Não foi sonho. Não que ela duvidasse disso. Ainda assim, se no dedo anelar não houvesse uma aliança, quem poderia dizer que tudo não passara de um sonho? Sinceramente, ela ainda custava a acreditar.

Mas o anel é real.

É a prova de que ela aceitou o pedido de Yoji. A mentira sobre a garota de quem gostava e a maneira gentil de tratá-la até a separação foram o seu compromisso para com Hikari. A aliança em seu dedo é um fio invisível que, ultrapassando o tempo, liga Yoji e Hikari.

– Então, como foi? – pergunta Kazu a Hikari, enquanto recolhe a xícara vazia.

Sem esperar pela resposta, a garçonete logo desaparece na cozinha. Ouve-se apenas o tique-taque dos três grandes relógios de pêndulo. A mulher de vestido branco recomeça a leitura do seu livro na cadeira da viagem no tempo.

Nagare está atrás do balcão, de braços cruzados como um guardião do templo.

Estou de volta.

Hikari fecha os olhos e mentalmente revê a figura de Yoji, com quem estivera até pouco antes.

Yoji sorriu até o fim.

Ela sente vontade de chorar de novo, mas contrai os lábios e se contém.

Eu também vou viver sempre com um sorriso no rosto.

Ela pega o casaco colocado sobre o espaldar da cadeira e se dirige ao caixa.

— Obrigada — diz Kazu, como despedida.

— Nós é que agradecemos — responde Hikari.

Foi ótimo ter vindo.

Hikari espia mais uma vez o salão do café.

Na primeira vez que visitara o estabelecimento, achara o interior de mau gosto e mal iluminado, e prometera a si mesma nunca mais voltar, mas agora o café parecia resplandecer.

— Ah, ia me esquecendo. Vocês conseguem adivinhar o que Yoji me disse naquele dia para me trazer até aqui? — pergunta inesperadamente a Nagare e Kazu.

Nagare abre apenas um dos seus olhos estreitos e, como sempre, grunhe somente um "Hum".

Kazu permanece calada, apenas inclinando de leve a cabeça.

A própria Hikari ri da estranheza da pergunta. Foi repentina, e certamente os dois não lhe deram a devida importância.

Porém, Hikari quer lhes revelar.

— Yoji me disse o seguinte: "Conheço um lugar que vai deixar você feliz. Quer ir até lá?"

Naquele dia, essas palavras me causaram um mau pressentimento. Contudo, hoje é diferente. Yoji já sabia como eu estaria me sentindo agora. E foi exatamente como ele disse que seria.

— É mesmo? — replica Kazu com um sorriso ligeiro, enquanto se dirige para a cozinha.

— Ele é um namorado maravilhoso, não?

— Não, não é.

Hikari nega veementemente o que Nagare acabou de dizer.

E estende a mão esquerda na direção de Nagare, que pisca os olhos estreitos, pego de surpresa com a reação de Hikari.

Uma aliança prateada brilha no seu dedo anelar.

– Ele é o meu marido – declara Hikari em alto e bom som.

– Oh, peço desculpas – diz Nagare com seus olhos estreitos formando um arco e abaixa a cabeça.

DING-DONG

Hikari deixa o café e começa a caminhar em direção à estação, ouvindo o *chap chap* dos seus passos sobre a neve.

É Natal.

Ela se lembra daquela noite em que caminhou na companhia de Yoji.

Chap chap, chap chap.

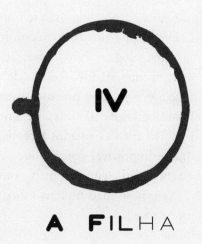

A FILHA

Michiko Kijimoto estava muito aborrecida.

Teria ela ido embora de Yuriage, região portuária da cidade de Natori, província de Miyagi, para estudar numa universidade em Tóquio, porque queria escapar da exasperante intromissão do pai na sua vida? E agora ali estava ele, sentado diante dela, exibindo um semblante carrancudo.

Seu nome era Kengo Kijimoto.

Estavam no café Funiculì Funiculà, localizado a duas estações da universidade. Michiko viera apenas uma vez a esse café situado no subsolo, sem janelas e mal iluminado, o que lhe havia causado uma desagradável sensação depressiva.

Pensei que nunca mais voltaria a este lugar.

Justamente por ter decidido nunca mais voltar, ela havia escolhido o café para se encontrar com Kengo. Se optasse por algum outro que costumava frequentar, talvez esbarrasse com um amigo. E ela não queria ser vista com o pai, um caipira tosco que viera do interior.

— Está se alimentando direito? — pergunta uma voz rouca e intimidadora. A mesma que inúmeras vezes lhe passara sermões.

Enquanto a mãe era viva, Michiko não se importava.

A mãe de Michiko tinha um rosto redondo, gargalhava com frequência e sabia elogiar. Nos aniversários, ela fazia bolos, tirava incontáveis fotos da filha vestida de quimono no festival Shichi-Go-San e as pregava por toda parte da casa.

Quando Michiko tirava nota 10 num teste, a mãe comprava tantos bolinhos de polvo frito, chamados *takoyakis*, que a filha adorava, que era quase impossível comer todos eles. Quando Michiko reclamava por não aguentar mais comer, a mãe a incentivava, rindo, "Vamos, só mais um, mais unzinho!".

Michiko adorava a mãe.

Mas ela não está mais entre nós.

Quando passara a morar somente com Kengo, não havia mais bolos de aniversário, fotos comemorativas nem *takoyakis* quando ela gabaritava uma prova.

Só a chateação é que aumentara.

"Vá fazer o dever de casa."

"Durma cedo."

"Nada de ficar brincando até tarde."

"Trate de escolher bem suas amizades."

"Não use essa roupa."

"Isso não fica bem."

"Não vou permitir isso."

Apesar de ter ido embora de sua cidade natal para estudar numa universidade em Tóquio e, assim, fugir daquele jugo... o pai que ela detestava estava sentado diante dela.

– Você tem frequentado direitinho as aulas na universidade?

Michiko suspira alto e vira a cara para o lado oposto.

– Michiko.

– O quê? Tá me mandando estudar só porque tá gastando uma grana alta com a mensalidade?

– Quem está dizendo isso?

– No fundo é bem o que você está querendo dizer. É ou não é? Aparece de repente em Tóquio e contata os meus professores na universidade para me localizar.

– Mas isso é porque você...

Michiko encara Kengo.

Mas isso é porque você nunca me procura.

Ela sabia o que ele estava querendo dizer.

– Me perdoe – sussurra Kengo, baixando o olhar.

– Terminamos por aqui?

Foram apenas quinze minutos juntos. Michiko se levanta segurando a sacola com os presentes recebidos do pai e procura sair o quanto antes daquele incômodo espaço.

– Michiko.

Kengo chama a filha, fazendo-a parar quando ela se dirigia para a saída a passos céleres.

– O quê? Ainda tem mais?

Toda essa conversa fiada é um grande desperdício de tempo.

Desta vez, Michiko engole as palavras, mas o cenho franzido revela com clareza as suas emoções. Kengo baixa o rosto, evitando a expressão de aversão dirigida a ele.

– Se você está com algum problema, me fale. Não importa o que seja. Não sofra sozinha... – diz a Michiko.

BANG!

De repente, um barulho alto ecoa pelo café.

Os olhos de Kengo se arregalam quando ele vê espalhados a seus pés os presentes que trouxera para a filha.

Ela tinha jogado a sacola no chão.

– Odeio isso em você! Será que não entende? Vou fazer 20 anos, sacou? Não sou mais criança! Quero que você pare de se intrometer na minha vida desse jeito! Por que acha que entrei para uma universidade em Tóquio? Porque detesto esse tipo de coisa.

Como os clientes no café são apenas Michiko, Kengo e uma mulher de vestido branco, sentada numa cadeira ao fundo, ela não hesita em elevar a voz, enraivecida.

Michiko sabe que tudo isso que está dizendo o magoa. *Quero mais é que ele fique magoado mesmo.*

— Por que diabos você não entende?

Michiko não tem simpatia pelo pai, que vive interferindo, dizendo o que ela deve fazer. Ela só quer que ele desapareça da sua frente o quanto antes.

— Me perdoe — sussurra Kengo baixinho.

— Vá embora. — Vendo Kengo cabisbaixo, somente raiva brota nela. — Volta pra casa!

Kengo se levanta lentamente, pega um a um os presentes espalhados aos seus pés, limpa uma poeira inexistente neles e os devolve à sacola de papel. Pão de ló recheado com creme, bolinho de peixe em formato de folha de bambu, arroz coberto com purê de soja verde adoçado e um pacote de *takoyakis*.

As comidas preferidas de Michiko. Ele as guarda na sacola de papel e a coloca na frente da filha, mas ela não faz menção de pegá-la.

Kengo olha com tristeza para Michiko, que desvia o olhar para não o encarar e, de ombros caídos, deixa o café.

DING-DONG

— … isso aconteceu seis anos atrás. — Ao terminar de contar a história, Michiko ergue o rosto com uma expressão enigmática.

— Então já se passaram seis anos…

Quem balbucia é Nagare Tokita, proprietário do café.

— Que filha desnaturada é você! — Sentada ao balcão, Nana Kohtake exclama com toda a franqueza. Kohtake é enfermeira, trabalha no hospital geral das redondezas e é freguesa habitual do café.

– Srta. Kohtake, por favor.

– O quê? – revida Kohtake.

Nagare gesticula em silêncio, repreendendo-a pela forma rude como ela exclamou. Ao invés de se retratar, Kohtake apenas toma mais um gole de seu café.

Sem parecer abalada com as palavras da mulher, Michiko pergunta em tom lamentoso:

– Ouvi dizer que, vindo até aqui, eu poderia voltar ao passado... Isso é possível?

– Veja bem... é... – Nagare se engasga com as palavras e troca olhares com Kohtake.

A reação dos dois deixa Michiko inquieta.

Então deve ser mentira.

A própria Michiko não acreditava mesmo que fosse verdade.

Mas, se eu pudesse voltar... Se isso fosse possível...

Por pensar assim, tinha ido até o café.

Havia um motivo para ela desejar voltar, ou melhor, para ela *precisar* voltar a qualquer custo.

– *É possível* voltar ou não? – Sua voz se eleva involuntariamente.

Confuso, Nagare apenas coça a testa.

– E eu? Posso ou não posso?

As palavras de Michiko tornam-se mais incisivas. Nagare, porém, não responde mais nada. Michiko encara Nagare com uma expressão severa.

– O que você pretende fazer se voltar ao passado? – intromete-se Kohtake.

Foi apenas uma pergunta feita de forma mecânica. Ela acredita saber o que Michiko responderá.

– Quero salvar o meu pai.

– Salvar?

– Sim. Três dias depois que eu mandei o meu pai embora deste café, seis anos atrás... o terremoto...

As palavras não saem. Mesmo agora, seis anos depois, ela sente um indelével arrependimento.

– Se eu não tivesse mandado ele ir embora naquele dia...

Em 11 de março de 2011, ocorrera no Japão o mais violento terremoto desde o início dos registros históricos. O Grande Terremoto do Leste do Japão.

A escala da devastação permanecia na memória de todos dali, mesmo decorridos seis anos.

Nagare novamente fica sem palavras, e Kohtake baixa o rosto, calada.

Apenas Kazu Tokita observa Michiko fixamente. Ela é garçonete e tem a função de servir o café que permite viajar no tempo. De pele alvíssima, olhos em formato de amêndoa, tem um rosto bonitinho, porém desprovido de traços memoráveis. Resumindo, a sua presença passa despercebida. Michiko não tinha se dado conta de Kazu estar ali até seus olhares se encontrarem.

– Por favor! Mandem-me de volta àquele dia em que expulsei o meu pai, dizendo-lhe coisas horrorosas – pede de novo Michiko, inclinando a cabeça.

Quero salvar o meu pai.

Tanto Nagare como Kohtake sentem a dor desse sentimento. Mas eles sabem de algo que ela não sabe, e não encontram as palavras certas para dizê-lo a Michiko.

Isso porque ela desconhece a regra mais importante para voltar ao passado.

– Olha, há algo que você precisa saber – informa Kazu, de pé diante de Michiko.

– Diga.

– É possível voltar ao passado. Você até pode voltar, mas...

– Mas...

– Por mais que você faça no passado, não poderá salvar o seu pai.

– O quê?

– Mesmo que você conseguisse reter o seu pai em Tóquio, isso não mudaria o fato de que ele iria morrer.

– P-por quê?

– Tenho certeza de que você gostaria de uma boa razão, mas nem nós sabemos, é a regra.

O tom de voz calmo de Kazu irrita Michiko.

Mesmo que eu conseguisse reter o meu pai em Tóquio, isso não mudaria o fato de que ele iria morrer. Precisava falar dessa forma tão insensível? Por acaso ela faz ideia do que passei a sentir depois que fiquei sabendo que eu poderia voltar no tempo? Até o proprietário e a outra mulher, para mim dois estranhos, se compadeceram e lamentaram ao ouvir acerca da morte do meu pai.

– Isso só pode ser mentira!

O mais frustrante é o olhar frio de Kazu, que não deixa margem para dúvidas.

– Sendo assim, não há sentido em voltar no tempo.

De nada adiantava dizer isso. Ela só estava descarregando a sua frustração. Não tinha conseguido se conter.

– A depender do ponto de vista, sim. – Por um instante, apenas Kazu baixa os olhos, parecendo tristonha, mas essa é a sua única reação.

– ... Não posso acreditar.

Depois de ver Michiko desabar sobre uma cadeira, Kazu parte para a cozinha. Michiko havia perdido todo o ânimo.

– É uma pena realmente.

– Entendo o que você está sentindo, mas...

Nagare e Kohtake falam, porém Michiko já não ouve mais nada. Seu coração murchou como um balão furado. Foi um desfecho bastante impiedoso e imperioso, como se alguém declarasse, quando um competidor bem-preparado para vencer estava prestes a completar uma maratona, que a prova havia sido suspensa e que, desde o início, nunca existira uma linha de chegada.

Michiko tem um noivo. Ele se chama Yusuke Mori, os dois ingressaram ao mesmo tempo na empresa e se conhecem há três anos. Foi Yusuke quem contou para Michiko acerca da possibilidade de se voltar ao passado no café.

De início, ela não acreditou. Ao contrário, chegou a se irritar com ele por causa da conversa idiota de uma "viagem no tempo". E descartou a ideia como uma mera piada. Porém, Yusuke insistiu, alegando ter ouvido a história de Fumiko Kiyokawa, de que fizera de fato a viagem ao passado.

Fumiko Kiyokawa é engenheira de sistemas numa empresa cliente de Yusuke. Apesar de ainda estar na casa dos 20 anos, ela é responsável por grandes projetos, e a sua competência chegou até os ouvidos de Michiko, que trabalha na mesma área.

– Não acredito que a srta. Kiyokawa esteja mentindo. Claro que não lhe falei sobre você, e ela não ganharia nada inventando tudo isso. Ela me disse que há um punhado de regras irritantes, mas, se for realmente possível voltar ao passado, o que acha de tentar?

– Mas...

– Você pode voltar no tempo e corrigir o passado. Dessa vez, ao invés de mandar seu pai embora, faça com que ele permaneça em Tóquio. Se isso acontecer você poderia...

Corrigir o passado? Reviver aquele dia?

Essas palavras comovem Michiko.

Ela sempre vivera carregando o trauma causado pelo arrependimento de ter expulsado o pai, e toda vez que se lembra disso, o coração palpita forte. Foi preciso ter muita coragem para entrar no café.

Mas, apesar disso... Se o presente não muda...

– Não fique tão decepcionada! Se não tem jeito... não tem jeito, não é? Afinal, essa é a regra. – Sentada em frente a Michiko, Kohtake procura consolá-la, mas ela permanece de cabeça baixa, sem mover um músculo sequer.

– Sendo assim... Isso tudo não vai dar em nada.

Kohtake então encolhe os ombros e balança a cabeça para Nagare.

DING-DONG

– Olá, seja bem-vindo.

Um rapaz num blazer casual entra no café.

– Só uma pessoa? – pergunta Nagare.

O rapaz assente com um leve movimento de cabeça e caminha para a mesa onde Michiko está cabisbaixa.

– Michiko.

Quando o rapaz a chama, ela levanta o rosto.

– Ah!... Yusuke.

– Esperei um bom tempo lá fora, mas como você não voltava...

– D-desculpe.

– Sem problema.

Ao ver que Yusuke é um conhecido de Michiko, Nagare faz um gesto de alívio na direção de Kohtake, dando uma tapinha no peito, como querendo dizer "Ótimo que alguém veio buscá-la."

Kohtake contrai o queixo num pedido a Nagare para observar bem a conversa entre os dois, sinalizando "Ainda é cedo para ficarmos aliviados."

— Então, como foi? Conseguiu se encontrar com o seu pai?

No instante em que Yusuke pergunta, Michiko se levanta bruscamente da cadeira.

Nagare, Kohtake e atéYusuke arregalam os olhos de espanto com o movimento tão brusco.

— Desculpe.

— O que foi?

— Eu não posso me casar com você — anuncia Michiko. Então, pega a carteira dentro da bolsa a tiracolo, deixa uma nota de mil ienes sobre a mesa e sai correndo do café.

— Michiko!

DING-DONG

Quando Yusuke está prestes a correr atrás dela, Kohtake o chama.

— Ei, rapaz, espere.

— Oi?

Yusuke exibe uma expressão confusa por ser chamado de repente por uma desconhecida.

— Diga, o que foi?

— Srta. Kohtake?

Yusuke não foi o único a ficar surpreso. Nagare franze o cenho.

— D-desculpe.

Nagare encolhe o seu corpanzil e se curva numa reverência para Yusuke. Porém, se Yusuke quisesse realmente ir atrás de Michiko, bastaria não ter dado atenção ao chamado de Kohtake. Entretanto, ele não o fez. Mostrou-se incapaz de fazê-lo.

— Ela não voltou ao passado.

— Por quê?

— Porque, mesmo voltando, não poderia salvar o pai.

Yusuke ouve Kohtake explicar a situação de Michiko e exala um leve suspiro.

– Então foi isso... – murmura.

– Existe alguma relação entre o fato de ela não ter como salvar o pai e vocês não poderem se casar? – pergunta Kohtake, numa voz calma e serena.

Yusuke percebe o lenço deixado por Michiko sobre a mesa.

– Michiko alega que, depois de tudo que fez com o pai, não seria justo buscar a felicidade – esclarece Yusuke numa voz apagada, segurando o lenço.

– O que isso quer dizer?

Yusuke respira fundo e começa a contar.

– Ela viveu esses últimos seis anos com remorso por ter enxotado o pai daqui... Pelo que ouvi, o tsunami atingiu Yuriage somente uma hora depois do primeiro tremor de terra. Portanto, o pai dela se refugiou com outras pessoas no porto de pesca, mas parece que, do nada, ele anunciou que voltaria para pegar a sua caderneta de depósitos bancários...

– Caderneta de depósitos bancários?

– Pois é. O pessoal no porto de pesca tentou dissuadi-lo da ideia, dizendo para fazer isso mais tarde, mas ele alegava que "aquela era a poupança que havia acumulado para quando a filha se casasse", e...

Yusuke não consegue continuar. As cenas trágicas daquele dia, testemunhadas nas transmissões ao vivo pela TV, voltam como num flashback. Kohtake e Nagare instintivamente baixam os olhos.

– Presumo que não haja nada que se possa fazer, não?

– Realmente, o que está feito está feito – sussurra.

Certas questões emocionais só podem ser resolvidas pela pessoa nelas envolvida. Yusuke não correu atrás de Michiko por estar plenamente ciente de que não havia espaço para ele se intrometer na questão emocional dela. Ele não diz mais nada e, fazendo uma vênia, deixa o café em silêncio.

Nesta noite, mesmo após o horário de fechamento do café, um homem continua sentado a uma mesa de dois lugares, observando um folheto, sem dar sinais de que irá embora. Se deixar por ele, talvez não parta nunca. Mesmo assim, Kazu Tokita arruma calada o espaço dentro do balcão.

Ouve-se apenas o tique-taque dos relógios de pêndulo.

DING-DONG

A campainha soa, mas Kazu não cumprimenta com um "Olá, bem-vinda". Seu olhar apenas se dirige para a entrada, como se já soubesse quem entraria.

— Obrigada pelo telefonema, Kazu.

Quem entra é Kohtake, em seu uniforme de enfermeira. Kazu lhe oferece um copo d'água ao ver que ela resfolega.

— De nada.

Kohtake bebe a água de um gole só.

— Ah, isso me faz recordar...

Devolvendo o copo, Kohtake volta para a entrada do café. Vozes se ouvem do outro lado da porta.

— Não vai entrar?

— Ah, mas...

— Vamos, entre logo. Está tudo bem – diz Kohtake. Depois, quem entra empurrada pelas costas por Kohtake é Michiko, que visitara o café à tarde, buscando salvar o pai. Hesitante, a moça mantém a cabeça baixa.

— Ela estava no meio da escada...

"Por isso eu a trouxe comigo", Kohtake insinua com o olhar a Kazu, que olha para Michiko e troca o costumeiro "bem-vinda" por um "boa noite". O horário de funcionamento do café está encerrado.

– B-boa noite – Michiko devolve o cumprimento.

Nesse meio-tempo, Kohtake passa por Michiko e vai se postar ao lado do homem que observa o folheto.

– Sr. Fusagi – diz Kohtake, dirigindo-se a ele.

O homem chamado Fusagi olha por um instante para o rosto de Kohtake e, sem dizer palavra, volta o rosto para o folheto.

– O senhor não conseguiu se sentar hoje?

Reagindo à pergunta de Kohtake, ele responde, olhando para a mulher de vestido branco sentada bem no fundo do salão.

– Foi impossível.

– É mesmo? Que pena.

– Sim.

– Parece que o horário de funcionamento encerrou, então o que acha de voltar para casa?

– Ah…

Fusagi se espanta e olha para o grande relógio do meio. Os ponteiros indicam 20h30.

– Me desculpe.

Ele dobra o folheto às pressas e se dirige ao caixa onde Kazu o aguarda. Kohtake não cessa de olhar gentilmente para ele.

– Quanto deu?

– 380 ienes.

– Aqui está.

– Recebendo o valor exato, obrigada.

– Obrigado a você.

Fusagi deixa o café a passos rápidos.

DING-DONG

Kohtake faz um leve aceno para Kazu.

– Obrigada por ter entrado em contato comigo – agradece sorridente e, acompanhando Fusagi, sai também do café.

DING-DONG

No interior calmo do Funiculì Funiculà, restam apenas Kazu, Michiko e a mulher de vestido branco. Michiko continua de pé, perdida, sem saber o que explicar nem por onde começar.

– Você tem certeza disso? – pergunta Kazu inesperadamente a Michiko. Apesar de ela não ter dito nada, Kazu sabe o que a faz estar ali.

O que Kazu pretendeu perguntar foi: *Você pode voltar ao passado, mas não poderá salvar o seu pai. Quer ir assim mesmo?*

Michiko suspira. Ela própria não sabe a razão de ter retornado ao café. Está ciente de que, mesmo voltando no tempo, não poderá salvar o pai. Talvez, no fundo, ainda alimente a leve esperança de que, de alguma forma, poderá salvá-lo.

Quem sabe...

Era apenas isso.

Se nesse momento Kazu tivesse lhe perguntado *Por que então você ainda pensa em voltar ao passado?*, muito provavelmente, por não ter um outro motivo, Michiko teria desistido de tudo.

Porém, ela se sentiu pressionada com o *Você tem certeza disso?*

Sempre cabisbaixa, Michiko começa a dizer "Depois que a minha mãe faleceu...", como se falasse para si mesma.

– ... o meu pai cuidou de mim sozinho. Para atender o meu desejo de ir estudar numa universidade em Tóquio, ele trabalhou noite e dia para pagar as mensalidades, mas, ignorando esse esforço dele, eu não estudava com afinco e apenas vadiava e me divertia... Eu só queria estar bem longe da minha cidade natal e ser livre. Achava o meu pai um pé no saco.

Por isso, até ele vir se encontrar comigo naquele dia, eu sempre ignorava as tentativas dele de vir ao meu encontro e nunca voltei para casa para visitá-lo.

Kazu apenas ouve calada a explanação de Michiko, sem uma palavra ou gesto de concordância.

– Eu disse coisas horríveis para ele e o despachei. Nunca poderia imaginar que algo como aquilo fosse acontecer... Devo, pelo menos, pedir perdão a ele. Quero apenas lhe pedir que me perdoe.

Ao verbalizá-lo, Michiko se surpreende ao constatar como está claro para ela o motivo de ter retornado ao café.

– Por favor, me faça voltar àquele dia em que mandei o meu pai embora.

Michiko faz uma profunda reverência diante de Kazu.

Plaft.

Inesperadamente, um som seco se faz ouvir do fundo do salão. Ao se virar, Michiko entende que o barulho provém do livro que a mulher de vestido branco lia sendo fechado.

Nesse momento, Michiko vê, pela primeira vez, o rosto da mulher. Tem a cútis alva e olhos tão vagos, que não permitem discernir para onde está olhando. O olhar, de certa forma, se parece com o da garçonete à sua frente. O mais estranho é que essa mulher está de mangas curtas, apesar de ser necessário vestir casaco nesta estação do ano, não só fora como até mesmo dentro do café.

A mulher não parece se importar em estar sendo observada por Michiko. Levanta-se lentamente e, em silêncio, desaparece em direção ao banheiro.

Enquanto a atenção de Michiko está voltada para essa mulher que entrou no banheiro, ela ouve a voz de Kazu atrás dela dizer "Entendi".

É a resposta ao pedido de Michiko para fazê-la voltar àquele dia no passado. Kazu encaminha Michiko para a cadeira até então ocupada pela mulher de vestido branco e começa a explicar algumas regras para a viagem no tempo.

Além da regra ouvida à tarde de *por mais que se tente, não se pode mudar o presente enquanto estiver no passado*, ela toma conhecimento da existência de outras:

Você só pode encontrar no passado pessoas que já estiveram no café; Você precisa se sentar numa cadeira específica e somente nela; Você precisa ficar sentada no mesmo lugar e não sair dele em nenhum momento; Há um limite de tempo.

Não tem regras demais?

Indiferente à atônita Michiko, Kazu vai à cozinha e volta com uma bandeja sobre a qual há um bule prateado e uma xícara branca. Calmamente, retoma a conversa.

— Agora eu vou lhe servir o café — dizendo isso, coloca a xícara diante de Michiko.

— Café? — Michiko inclina a cabeça, em dúvida. Ela não entende a relação entre voltar ao passado e o café.

— O seu tempo no passado durará apenas do momento em que eu servir o seu café até ele esfriar.

— Quê? Tão curto assim? Esse é o limite de tempo a que você se referiu há pouco?

— Exatamente.

Essa regra suscita uma grande insatisfação em Michiko. Ela é vaga demais e o tempo, demasiadamente curto. Mas, sem dúvida, não pode dizer ou fazer nada a respeito. Lembra-se da atitude resoluta de Kazu ao lhe informar da impossibilidade de salvar o pai.

— Entendi. Há mais alguma?

Kazu continua a explicação.

— Quando uma pessoa vai se encontrar com um ente querido falecido, torna-se muito emotiva e, mesmo ciente do limite de tempo, acaba não conseguindo se despedir. Por isso, temos isto...

Kazu pega na bandeja algo parecido a um palito metálico e o segura bem diante dos olhos de Michiko.

– O que é isso?

– Colocando-o dentro da xícara, ele vai disparar um alarme antes que o café esfrie. Quando esse alarme soar, por favor tome, sem demora, todo o café.

Kazu deposita o palito metálico dentro da xícara e pega o bule prateado.

– Quando soar, bastará que eu tome o café, correto?

– Sim.

Michiko respira fundo brevemente.

Vou me encontrar com o meu falecido pai.

Só de pensar, sente um aperto no peito e uma dificuldade danada de respirar. Conseguirá manter a calma?

Fora-lhe dito que, por mais que fizesse, não poderia mudar o presente, mas, e se ela se perturbar e acabar inadvertidamente falando sobre a catástrofe e sobre a morte do pai?

Se isso acontecer, com que sentimento o pai viverá os poucos dias que antecederão a sua morte? Ela tem dificuldade para pôr os pensamentos em ordem.

– Podemos seguir adiante? – indaga Kazu para dissipar as dúvidas de Michiko.

Bem, que seja como tiver que ser. Eu já tomei a minha decisão. Quero pedir perdão ao meu pai.

Michiko fecha os olhos e respira fundo.

– Por favor – responde.

Agora só lhe resta ir em frente. Em contraste com o olhar decidido com o qual Michiko encara a xícara, Kazu ergue o bule com uma expressão calma e serena.

Vou ao passado. De verdade.

Michiko pode sentir a tensão no ar do interior do café.

– Antes que o café esfrie.

A voz de Kazu soa nítida pelo silencioso salão enquanto inclina o bule e começa a verter o café. Da xícara totalmente cheia ascende um fio de vapor. O teto, de repente, se deforma.

Vertigem?

Michiko acompanha com os olhos a trajetória do vapor. Porém, na verdade, é o seu corpo vaporizado que está flutuando no ar, e a cena diante dos seus olhos flui para cima e para baixo.

O que... está... acontecendo?

Com a cabeça girando, a consciência desvanece.

Pai...

O terremoto em Tohoku, na costa noroeste do Oceano Pacífico, ocorreu às 14h46 de 11 de março de 2011, uma sexta-feira. O epicentro foi a 130 quilômetros a leste da Península de Oshika, a uma profundidade de 24 quilômetros. Foi o terremoto de maior magnitude já registrado no Japão em toda a sua história. O tremor atingiu 9,1 pontos na escala Richter, e o desastre causado passou a ser conhecido como o Grande Terremoto do Leste do Japão.

Na cidade de Natori, mais de 960 residentes perderam a vida, incluindo as mortes indiretas, e mais de 11.000 pessoas foram obrigadas a abandonar suas casas.

Os estragos causados pelo tremor inicial foram relativamente pequenos, comparados a outros terremotos, mas ficou a cargo do tsunami ocorrido na sequência a gigantesca devastação.

O tsunami atingiu a região de Yuriage às 15h52, cerca de uma hora após o terremoto. Essa diferença temporal pós-tremor fez com que muitos, assim como Kengo, acabassem vitimados pelo tsunami por terem abandonado o local de refúgio para retornar às suas casas.

Kengo e Michiko moravam num bairro residencial nas proximidades do Corpo de Bombeiros de Natori, e a loja que vendia os "*takoyakis de Yuriage*", os prediletos de Michiko, se localizava em frente ao Templo Minato, próximo da sua residência.

Os *takoyakis* vendidos ali eram diferentes dos de outras lojas, pois tinham muito mais polvo no recheio e eram servidos em espetinhos de bambu cobertos por um molho agridoce.

A aparência era de generosos bolinhos no espeto, além de serem mais saborosos.

Michiko, desde criança, comia com prazer esses *takoyakis* de Yuriage, mas quando se mudou para Tóquio e um amigo lhe recomendou comer os deliciosos *takoyakis* ao estilo da região de Kansai, ela nem sequer aceitou que eles pudessem ser chamados de *takoyakis*.

Takoyakis pra valer eram os de Yuriage.

Para Michiko, que abandonara o interior devido à interferência sufocante do pai, essa era a única comida que lhe trazia lembranças da sua terra natal.

Michiko acorda com o som de grãos sendo moídos.

Uma moça de olhos quase translúcidos os está moendo. Uma colegial, talvez? Uma universitária? A pele alvíssima e a expressão melancólica lhe são familiares.

Seria a mulher de vestido branco que desapareceu dentro do banheiro?... Não, ela se parece é com a garçonete que há pouco serviu o café.

Não é somente semelhança, é a própria pessoa.

Michiko não a identificou de imediato porque os longos cabelos amarrados num rabo de cavalo estão curtos agora.

Talvez eu tenha, de fato, voltado seis anos.

Michiko esquadrinha o interior do café à procura de algo que prove que ela voltou ao passado. Porém, exceto pela moça moendo os grãos atrás do balcão, não identifica nenhuma diferença significativa. É como se o tempo tivesse parado apenas no café...

DING-DONG

— Bem-vindo.

A voz calma de Kazu se contrapõe à sua aparência juvenil. Kengo, o pai de Michiko, entra no café sob o forte ruído dos seus pesados passos.

O coração de Michiko dá um salto.

Durante seis anos ela jamais se esquecera de como o pai estava vestido nesse dia. Ao ver a filha, Kengo caminha até diante da mesa, coçando a cabeça. Ele faz uma leve reverência.

— Sinto muito.

— Por quê?

— Deixei você esperando, não foi?

— Ah, tá tudo bem.

— De verdade?

— Sim.

Michiko revive as lembranças.

Naquele dia, ela dissera, num tom feroz, "Não acredito que você me chama aqui e ainda chega atrasado."

Lembra-se claramente também da expressão no rosto de Kengo.

Ele o contorceu, como se sentindo culpado, e balbuciou "perdão".

Por que eu só consegui falar daquele jeito tão monstruoso com ele?

— Posso me sentar aqui?

Kengo coloca a mão sobre a cadeira em frente a Michiko.

– Claro.

Ele se senta e, com olhos bem abertos, encara a filha.

– O que foi?

– Eu estava pensando em como você amadureceu nesse pouco tempo em que não nos vimos... – Ele sorri sem jeito.

Um intervalo de seis anos. Não é de estranhar o espanto dele vendo a filha agora com 25 anos.

– V-você acha? – retruca ela, notando as rugas profundas cinzeladas no rosto do pai e alguns fios de cabelo branco. Envelhecera tão rápido assim?

Ela fica chocada ao perceber que, na época, nunca prestava atenção ao rosto do pai. Contudo, Kengo não nota a perplexidade de Michiko.

– O que o senhor vai querer? – pergunta a jovem Kazu ao servir um copo d'água.

– Um café, por favor.

– É pra já.

Kazu recebe o pedido de Kengo e se dirige à cozinha.

Silêncio.

Michiko não encontra palavras. O que poderia dizer? Ao encarar o pai, sente um nó na garganta. Contrariando o que pensava, ela desvia o olhar, criando um ar ainda mais desconfortável.

Michiko não quer que ele ache que ela o está ignorando.

Me perdoe.

Sente as palavras que tantas vezes engolira querendo saltar para fora.

É nesse momento que...

– Sinto muito, eu não deveria ter feito o que fiz – Kengo se adianta a ela.

– Feito o quê?

Michiko não faz ideia da razão de o pai se desculpar. Quem deseja pedir desculpas é ela.

– Ter entrado em contato com a universidade.

Ela se lembra bem de como ficou furiosa. Não imaginava que o pai se preocupava com esse tipo de coisa.

– Ah, não, tudo bem. A culpa é toda minha por não ter te contatado por tanto tempo.

O semblante tenso de Kengo parece relaxar um pouco. Desde que a mãe de Michiko morrera, muitas haviam sido as vezes em que ela se rebelara contra o pai, brigando por qualquer coisinha. Parecia que ele estava esperando que ela começasse mais uma discussão.

– Ah, tome…

Como se lembrasse de repente, ele coloca sobre a mesa a sacola de papel que estava segurando e tira de dentro um pacote pequeno.

– Eu trouxe porque sei que são os seus preferidos… Pena que esfriaram.

Michiko sabe o que tem no pacote. São os seus *takoyakis* prediletos. Os *takoyakis* de Yuriage, que a mãe comprava com frequência quando ela era criança. *Takoyakis* no formato de saborosos bolinhos no espeto. Bastava comprá-los para ela ficar sempre sorridente.

Naquele dia em que mandara o pai embora, ela encontrara esses *takoyakis* entre os presentes espalhados pelo chão e ficara extremamente irritada. Deduzira que o pai estava usando a memória da mãe, que ela tanto amava, para angariar a simpatia dela. Era uma covardia. Ela se sentira enojada.

Mas eu estava errada. Não era isso. Agora eu entendo.

Papai deliberadamente comprou os takoyakis para me alegrar. E apesar disso…

– O-obrigada. – A voz treme. Ela não consegue olhar diretamente para o pai. Para superar o silêncio que se formou, leva a xícara à boca.

Está morno.

Não faz ideia de quanto tempo resta até que o café esfrie.

Afinal, o que eu vim fazer aqui?

Ela quer se desculpar com o pai. Esse sentimento não muda. Porém, pelo que ela deve pedir desculpas?

Desculpe por ter sido tão egoísta querendo estudar numa universidade em Tóquio.

Desculpe por reclamar tanto desde que a mamãe morreu.

Desculpe pela minha atitude sempre insensível, mesmo quando você ficava acordado até tarde, esperando preocupado que eu voltasse para casa.

Desculpe por eu sempre ignorar os seus telefonemas.

Desculpe por ser respondona.

Desculpe pelas brigas constantes.

Desculpe por ser essa porcaria de filha.

Quanto mais pensava, mais difícil se tornava para Michiko erguer o rosto.

Por que eu fui para uma universidade em Tóquio?

Por que eu reclamava o tempo todo?

Por que, naquele dia, eu o mandei embora, falando todas aquelas coisas horríveis?

Apenas palavras de remorso cruzam a sua mente. A única coisa que percebe é o olhar fixo do pai para ela nesse estado.

Apesar de ter vindo se encontrar comigo, como sempre eu não digo nada e ele deve estar me achando uma chata.

Talvez seja hora de eu ir embora.

Tudo terminará quando eu tomar o café todo.

No final das contas, independentemente do que eu faça, não poderei salvar o meu pai.

Michiko segura a xícara com força.

É nesse momento que...

– Michiko – Kengo pronuncia o nome dela, olhar fixo no rosto da filha. – Se tiver algo... preocupando você... pode se abrir comigo, ok? – ele tece as palavras intermitentemente. –Você pode me falar qualquer coisa, não fique se martirizando sozinha, não importa o que seja... Se há algo fazendo você sofrer, eu estou aqui para ouvir.

— Quê?

— Talvez eu não consiga fazê-lo tão bem quanto a sua mãe... mas... — Kengo ergue o rosto. — Mesmo assim, quero que você fale...

Ela lembrou. Essa expressão no rosto dele. Era a mesma que sempre o vira dirigir a ela, quando a mãe estava viva e também depois de morta. Kengo não mudara.

Até aquele dia, aos olhos de Michiko, ele só parecia estar sempre furioso.

Vá fazer o dever de casa.

Durma cedo.

Nada de ficar brincando até tarde.

Trate de escolher bem as suas amizades.

Não use essa roupa.

Isso não fica bem para uma adolescente.

Não vou permitir isso.

Em todas as ocasiões, ele olhava para Michiko com a mesma expressão e o mesmo sentimento. A impressão de prepotência que ele lhe causava era pelo fato de os olhos dela estarem sempre anuviados. A sensação de desagrado pelo pai era culpa do seu coração obscurecido.

— Ah, hum...

Não posso acreditar que não percebi isso...

— Na realidade...

Vou contar a ele sobre Yusuke. Talvez isso o deixe confuso. Mas se é para falar, que seja agora ou nunca.

— Pai, eu...

— Diga.

— Eu estou grávida.

Mantendo-se cabisbaixa, ela olha apenas o café tremulando dentro da xícara. Não sabe qual é a expressão no rosto do pai.

Apenas ouve mais alto o som da respiração dele, inspirando e exalando.

Talvez esteja zangado.

Esse pensamento cruza a sua mente. Colocando-se na posição do pai, isso seria algo natural. Michiko tem agora 25 anos.

Porém, visto pela perspectiva de Kengo, faz apenas um ano que ela deixou o interior e se mudou para Tóquio. É a confissão da sua filha que ainda nem completou 20 anos.

— Ele me pediu em casamento…

Vou contar assim mesmo. Sobre mim agora. Afinal, não o encontrarei mais…

Quando Michiko levanta a cabeça, Kengo exibe olhos entristecidos. A filha que se afastara da casa paterna tinha deixado o ninho. Possivelmente, desde que ela fora para Tóquio, ele pressentira que esse dia não estaria longe.

— Entendi. — A resposta é fraca e amargurada.

Ele tenta sorrir, mas as rugas entre as sobrancelhas se tornam mais pronunciadas, fazendo-o parecer zangado. Porém, não era isso que Michiko desejava lhe dizer.

— Mas estou com medo.

As mãos não param de tremer.

— Será que eu mereço ser feliz? Eu sempre disse coisas horríveis pra você, pai, um monte delas… Apesar de você sempre se preocupar comigo, eu nunca percebi e ignorava, falei muita besteira por egoísmo… — *Eu o mandei embora. Se eu não o tivesse enxotado, talvez ele não tivesse morrido. Só pensei em mim mesma.* — E apesar disso…

— Não tem problema. Não se preocupe com isso — Kengo interrompe Michiko. — Sou seu pai. Mesmo que você me xingue, para mim o importante é que você esteja bem. Basta isso.

— Pai…

Grossas lágrimas escorrem pelas faces de Michiko. Kengo olha para ela com um sorriso visivelmente desconfortável.

Ele não sabe como lidar com as lágrimas da filha. Então, diz de repente:

— Ah, isto… — Procurando escapar do olhar de Michiko, ele põe a mão sobre a sua pochete, retira algo e entrega a ela.

— É um dinheirinho que eu economizei. Pensei em lhe entregar quando você se casasse.

É a caderneta bancária e o seu carimbo pessoal.

— É o momento ideal, não? — declara sorridente.

— Ô, pai…

Bip-bip, bip-bip.

O alarme toca.

— Ah… — reage involuntariamente Michiko, e seus olhos encontram os da jovem Kazu. Que nada fala. Porém…

Está na hora, ela assente lentamente.

— Pai, eu…

— Não se preocupe, filha, apenas seja feliz. Esse é o maior presente que você pode me dar.

Seu semblante é amoroso.

Deve ser o mesmo semblante do momento em que nasci.

Bip-bip, bip-bip.

— Preciso ir ao toalete…

Aproveitando que o alarme soou, Kengo se levanta. Ele está tão encabulado…

— Pai!

Enquanto Kengo se dirige ao banheiro, Michiko grita involuntariamente.

Talvez seja o derradeiro adeus. Mas ainda há tanto a ser dito…

— … Hum?

Kengo se vira.

— Eu…

Michiko enxuga as lágrimas e força a todo custo um sorriso.

— Eu estou muito feliz e tenho muito orgulho de ser sua filha.

Talvez o rosto estivesse contraído e ela não pudesse sorrir direito. Mesmo assim, queria se despedir do pai com um semblante alegre.

Meu pai trouxe especialmente para mim o meu takoyaki predileto, pensando em me alegrar porque queria me ver sorrindo. Portanto, desejo que o meu rosto sorridente seja a última imagem que ele terá de mim.

É o seu mais sincero e profundo desejo.

– Obrigada por tudo, pai.

Kengo olha para o rosto de Michiko, ele está feliz, porém confuso, sem entender exatamente o que ela de repente falou.

– Ah – responde, fungando, e entra no banheiro.

Quando Kengo some de vista, Michiko toma de um só gole todo o café. Nesse instante, seu corpo se torna leve e fofo. A cena ao redor começa a fluir de cima para baixo.

Estou voltando... ao presente... sem o meu pai.

Fechando os olhos, ainda pode visualizar o rosto amoroso e alegre de Kengo gravado na sua memória. Ela o fizera sorrir.

Obrigada, céus!

Michiko fecha lentamente os olhos.

Quando percebe, a mulher de vestido branco já voltou do banheiro e está parada diante dela. Detrás do balcão, a garçonete de cabelos compridos, amarrados num rabo de cavalo, olha fixamente na direção de Michiko.

É a Kazu já adulta. Michiko regressou ao presente.

– Saia já daí – ordena a mulher de vestido branco. Michiko se apressa a lhe ceder o lugar.

Michiko não tem tempo para devaneios.

Tão logo a mulher de vestido branco se senta, Kazu lhe traz um novo café numa bandeja.

– Então? Como foi? – pergunta Kazu, enquanto retira a xícara usada por Michiko e serve o café à mulher de vestido branco.

– Eu...

DING-DONG

Quando Michiko vai dizer algo, a campainha toca e Yusuke entra.

– Michiko – ele a chama com voz fraca.

Uma distância de alguns metros os separa. Michiko se lembra de, mais cedo, ter lhe anunciado que não poderia se casar com ele.

Yusuke mantém distância, cauteloso após a declaração de Michiko.

Não se preocupe, filha, apenas seja feliz.

As palavras ditas pelo pai permanecem ecoando nos seus ouvidos.

Michiko se aproxima de Yusuke e declara, dirigindo-se a Kazu:

– Eu acho que quero ser feliz ao lado deste rapaz.

Essa é a resposta à pergunta de Kazu sobre a sua volta do passado.

– Quê?

Yusuke não consegue esconder a surpresa com a atitude de Michiko, diferente da que ela tivera mais cedo.

– Acha? – replica Kazu, exibindo um leve sorriso.

– Não. Tenho certeza. Tenho certeza de que isso também faria o meu pai feliz.

Michiko segura a caderneta bancária recebida do pai.

Trim, trim, trim, trim...

O telefone toca no cômodo dos fundos.

Michiko e Yusuke fazem uma leve reverência para Kazu e saem do café.

DING-DONG

Depois de partirem, Nagare surge do cômodo dos fundos com Miki ao colo. Talvez ela estivesse choramingando, porque os olhos estão marejados.

– Você se lembra do professor Kadokura? – Nagare pergunta a Kazu, que está atrás do balcão.

O horário de fechamento do café já passou. Kazu começa a executar as tarefas finais do dia. Na realidade, lavar a louça, limpar ligeiramente o chão e colocar o cavalete para dentro.

– Lembro – responde Kazu, dirigindo-se para a cozinha.

Ainda com Miki ao colo, Nagare vai buscar o cavalete. No interior do café, apenas com a presença da mulher de vestido branco, o único som que ressoa calmamente é o tique--taque dos relógios de pêndulo.

Kazu termina de lavar e enxugar a louça e Nagare volta com o cavalete.

– O que você estava dizendo?

– Hã?

– Sobre o professor Kadokura.

– Ah, sim.

Embora não tenha esquecido, Nagare coça exageradamente a cabeça.

– Ele telefonou para avisar que, milagrosamente, a esposa recobrou a consciência – diz para Kazu.

– Sério?

– Sim.

– Que ótima notícia.

– ... Com certeza.

Logo em seguida, Miki agita os punhos fechados e começa a choramingar. *Buá, buá, buá...*

153

– Epa, é hora do leite...

– Ah, deixa comigo.

– Obrigado, Kazu.

Enquanto vai para a cozinha, Nagare, embalando Miki, pega o porta-retrato colocado ao lado da caixa registradora.

Nele há uma foto de Kei Tokita sorridente. A esposa de Nagare. Faleceu logo após o nascimento de Miki. As estações continuam a passar. Pessoas vieram ao café e voltaram ao passado. Outras simplesmente não quiseram e ainda muitas outras foram embora ao tomar conhecimento das regras.

– O tempo passa rápido. Já faz um ano.

Nagare contempla a foto.

– Prontinho.

– Obrigado.

Nagare devolve o porta-retrato ao lado da caixa registradora e recebe a mamadeira da mão de Kazu.

– Ela está crescendo rápido, né? Ela vai crescer e...

– Sim, vai.

Aninhada nos braços de Nagare, Miki começa a beber o leite com vigor. De dentro da foto, Kei parece observar feliz a cena. Kazu tem essa impressão.

NOTA DO AUTOR

Este livro é uma obra de ficção. Não tem qualquer relação com pessoas, lojas, organizações etc. na vida real. A quarta história – "A Filha" –, entretanto, baseia-se na peça radiofônica *Mais uma Xícara de Café?*, escrita pelo autor a pedido do programa de rádio Date fm (FM SENDAI), em Sendai, Prefeitura de Miyagi, e transmitida na data do sétimo aniversário do Grande Terremoto do Leste do Japão, em 11 de março de 2018.

MAPA DAS RELAÇÕES ENTRE OS PERSONAGENS

A mulher de vestido branco

Fantasma sentado na cadeira que permite voltar ao passado. Levanta-se para ir ao banheiro uma vez por dia. Em geral, passa o tempo sentada, absorta na leitura de um livro. Amaldiçoa quem a incomoda.

Apolo

Golden retriever de Mutsuo e Sunao Hikita. Morreu há uma semana, aos 13 anos.

Miki Tokita

Bebê, filha de Nagare e Kei

Mutsuo Hikita

Trouxe algumas vezes seu cão Apolo ao café.

Mieko Kadokura

Esposa de Monji Kadokura. Dois anos e meio atrás, um acidente a deixou em estado vegetativo.

Nagare Tokita

Primo de Kazu Tokita e proprietário do café. Um gigante beirando os dois metros de altura. Miki é sua filhinha.

Sunao Hikita

Esposa de Mutsuo Hikita e tutora do Apolo. Lamenta não ter estado acordada quando seu cão morreu.

Monji Kadokura

Arqueólogo e viajante. Passava pouco tempo em casa com a esposa e os filhos.

volta ao passado

volta ao passado

Kazu Tokita

Garçonete no café Funiculì Funiculà. Serve café durante a cerimônia da viagem no tempo.

volta ao passado

Hikari Ishimori

O namorado prometeu esperar quando ela rejeitou seu pedido de casamento um ano atrás, mas encontrou outra e a largou.

volta ao passado

Michiko Kijimoto

Seis anos atrás, deixou sua casa em Yuriage e foi para uma universidade em Tóquio, em parte para se afastar do pai.

Fumiko Kiyokawa

Cliente habitual do café. Seu namorado está nos EUA.

Yusuke Mori

Noivo de Michiko.

Nana Kohtake

Enfermeira e cliente habitual do café.

Yoji Sakita

Pediu Hikari Ishimori em casamento no café um ano atrás.

Kengo Kijimoto

Pai de Michiko. Morreu no Grande Terremoto do Leste do Japão seis anos atrás.

Papel: Pólen natural 70g
Tipo: Bembo
www.editoravalentina.com.br